LE ROI DU CUIVRE

LA MEUTE DE TAKHINI
TOME 1

VIVIAN AREND

COPPER KING / Le Roi du cuivre

Copyright © 2014 par Arend Publishing Inc.

ISBN : 9781990674457

Correction de la version originale par Anne Scott

Relecture de la version originale par Sharon Muha

Traduit par Sophie Salaün and Valentin Translation

Conception de la couverture par Croco Designs

POÈME

« Nous sommes sauvages comme des poulains indomptés,
mais jamais méchants.
Nous avons les épaules larges pour porter le blâme de nos
péchés ;
Mais jamais nous ne resterons en ville et jamais nous ne
nous installerons,
Et nous ne posséderons jamais ni objet ni destination.
Non, il existe en nous ce que le temps ne pourra jamais
apprivoiser ;
Et la vie nous apparaîtra toujours comme un jeu
insouciant. »

1

———

*J*im Halcyon était en manque.

Ou peut-être qu'*obsédé* était un terme plus adéquat. Dans tous les cas, il n'arrivait pas à détourner le regard. Les tons cuivrés brillants de l'objet reflétaient les lumières du plafond, étincelant alors qu'elle tournait devant lui. Des mouvements doux, une valeur inestimable, non pas parce qu'elle était extrêmement rare, mais en raison de ce qu'elle représentait.

Cette fois, elle ne lui échapperait pas.

— Tu es la personne la plus facile à distraire au monde, railla Damon Black.

Instinctivement, Jim referma ses doigts sur la pièce de monnaie qui reposait dans sa paume, et fut tenté d'écraser son poing sur le visage de beau gosse de l'un des seuls métamorphes assez courageux pour se moquer de lui.

Son meilleur ami ouvrit sa main et en retira le petit disque de cuivre, le déposant avec son étui de protection en plastique sur le comptoir du bar devant eux.

— Maintenant que tu as vu par toi-même que Dame Chance est ici, discutons. Comment vas-tu ? Je ne t'ai pas

I

beaucoup vu au cours du dernier mois, et les appels téléphoniques et les textos ne suffisent pas, puisque tu es nul dès qu'il s'agit de faire autre chose que de blablater à propos du travail.

— J'ai été occupé, rétorqua Jim.

Damon haussa un sourcil, et son ami entendit distinctement dans sa tête son « tu vois ce que je veux dire ? ».

Il laissa échapper un long et lent soupir. Bien, il allait faire plaisir à ce blondinet.

— Tu sais, toi qui jures que tu veux que je me détende, tu pourrais me laisser passer du bon temps avec la femme que j'aime, au lieu de me presser.

Jim souleva délibérément la pièce en l'air, la faisant tourner lentement pour que l'éclairage du casino se reflète sur les lignes de coupe, faisant briller l'ancien artefact comme un penny flambant neuf.

— Ça me va, répondit Damon avec un sourire jubilatoire. Puisque c'est la seule fois où tu auras l'occasion de la caresser, autant que tu en profites.

— Blaireau.

Damon rit.

— J'ai gagné le pari trois années consécutives. Ça doit te manquer d'avoir Dame Chance dans ta vie.

Jim réfréna un grognement mécontent, mais les faits étaient les faits. Ce n'était pas qu'il n'avait pas fait de son mieux pour gagner, et Damon ne pouvait pas prétendre le contraire.

Le problème était que chaque homme avait un défaut fatal, et que celui de Jim Halcyon était les femmes. Blondes, brunes, petites ou grandes, il y avait tant à aimer chez elles... Sans compter qu'il y en avait énormément à aimer, et que Jim était ravi d'en satisfaire autant que possible.

Son dévouement à la tâche l'avait inévitablement mené à sa perte lors de leurs concours précédents. Non pas parce qu'il avait fait l'idiot, mais parce qu'à chaque fois, il avait fini par jouer le chevalier blanc auprès d'une demoiselle en détresse. Il n'en avait aucune preuve, mais il était presque certain que ces femmes avaient été piégées par son rival.

Damon était peut-être un bon ami, mais il ne cédait jamais rien, sur aucun sujet. Et dernièrement, son énergie névrotique semblait se concentrer sur le fait de faire en sorte que *Jim se détende*. C'était comme être ami avec un *border collie* trop enthousiaste.

Certaines années, leurs défis les avaient amenés à parcourir le monde et à visiter toutes sortes de lieux exotiques. Ils avaient bu, dîné et fait la fête comme des dingues, tout en accomplissant leur tâche. Cette fois, cependant, la pièce porte-bonheur était la seule partie de la compétition qui intéressait Jim, comme il en avait informé son ami il y a des mois. Il voulait qu'il prépare quelque chose de rapide et concret, et s'en débarrasser pour que Jim puisse retourner au travail le plus vite possible.

Damon avait refusé de divulguer des détails à l'avance, le traînant quasiment de force à Vegas, et l'appâtant avec Dame Chance jusqu'à ce qu'il accepte finalement de se montrer.

— Cette année va être différente, insista Jim. Je refuse de me laisser entraîner dans des histoires larmoyantes qui pourraient me voler la victoire. C'est parti ! Quel est le défi ?

Damon lui lança un long et dur regard, un regard bleu vif bien trop rusé.

— Mec, arrête et respire une minute. Tu ne peux pas continuer à avancer comme un forcené, sinon tu vas casser quelque chose. Ou quelqu'un.

— Exactement. Alors, dépêche-toi, et commençons à nous détendre.

Damon leva les yeux au ciel.

— Je vais la regagner, le prévint Jim.

Son ami secoua lentement la tête, comme s'il réalisait quelque chose. Il parla d'une voix bien plus douce.

— Ce n'est qu'un simple jeu, n'est-ce pas ? Un moyen pour nous de relâcher la pression. Tu ne crois pas vraiment que ta chance pour l'année à venir dépend de si oui ou non tu gagnes la pièce ?

— Bien sûr que non, nia Jim, repoussant les souvenirs qui menaçaient de remonter à la surface. Je ne crois pas à la chance.

— Ah !

La réponse de son ami, spontanée et bruyante, attira l'attention des autres sur eux. Surtout des sourires, surtout de la part des femmes lorsque Damon partit en fou rire du genre contagieux.

— Tu veux que je te trouve une pelle pour charrier ce tas d'idioties ?

Ah, la joie d'avoir des amis qui vous connaissent depuis des années !

— Je ne crois pas vraiment que je joue de malchance sans elle.

— D'accord.

Ce qui signifiait aussi « foutaises ».

Jim se demanda brièvement à quoi ressemblerait Damon s'il l'étalait à terre comme une carpette.

Ses pensées vengeresses temporairement mises en attente, Jim fit rouler la pièce entre ses doigts comme un artiste de rue. Un faible bourdonnement de conversations et de musique les entourait, accompagné du vacarme constant propre à Vegas. Les machines à sous chantaient, les cloches retentissaient, accompagnées d'un éclat de rire occasionnel ou de voix aiguës. De l'oxygène était diffusé dans l'air. Cet endroit lui était aussi familier que son propre jardin.

Bon sang, c'était vraiment son jardin ; l'un d'entre eux, en tout cas. Il avait son nom sur le bail de la suite de luxe au trente-sixième étage, tout comme celui de l'appartement *penthouse* qu'il possédait à New York et de la nouvelle maison spectaculaire qui allait être construite sur le domaine familial dont il avait hérité dans le nord.

Le souvenir le fit s'interrompre...

Il y avait des choses sur lesquelles il ne voulait pas s'attarder, et c'était l'une d'entre elles.

Alors il s'obligea à sourire, et se remit à distraire Damon.

— Il se trouve simplement que je jouis d'une chance encore plus spectaculaire que d'habitude lorsqu'elle est en ma possession. C'est moi qui l'ai découverte il y a toutes ces années.

— Je sais. J'ai le droit à cette histoire tous les ans. Une vieille femme a prédit ton avenir et t'a appelé le roi du Cuivre. Bla, bla, bla.

Damon secoua tristement la tête. Il semblait prêt à appeler les hommes en blanc pour qu'ils rendent visite à son ami.

— Elle est le fruit de ton imagination, Jim. Tu étais ivre.

— Moi ? Si j'étais ivre, comment se fait-il que toi, tu ne te souviennes pas de comment nous sommes retournés au bateau ?

À l'âge de dix-huit ans, ils avaient passé l'été à parcourir la Méditerranée. C'était le meilleur cadeau de fin d'études que ses parents auraient pu lui offrir.

Il ressentit un autre coup dans les tripes. Et il afficha un autre sourire factice.

Quant à Damon ?

Il posa une main sur son épaule, comme si cet enfoiré savait exactement ce qui lui passait par la tête.

Jim leva son verre en un hommage silencieux à ses parents avant d'ingurgiter le liquide ; la brûlure froide s'installa en lui comme un feu familier. Saisir l'instant : voilà ce qu'ils auraient voulu. C'était en partie pour cela qu'ils lui avaient accordé une telle liberté tant d'années plus tôt.

Et leur été ne s'était pas résumé à faire la fête et à s'amuser...

Enfin, c'était à cela qu'ils avaient passé la *majeure partie* de leur temps, mais ils avaient aussi accompli deux réalisations notables. Ils avaient acquis cette pièce ancienne pour laquelle Damon et lui avaient mis en commun leurs économies qui s'amenuisaient rapidement, *et* Jim avait eu l'occasion de voir de près les différentes architectures.

Il était revenu inspiré, pas seulement par la prophétie du roi du Cuivre qui lui trottait dans la tête, mais avec la conviction qu'il pouvait faire tout ce qu'il voulait.

Y compris devenir riche en construisant les rêves des autres.

Plus riche. Il avait beau être né avec une cuillère en argent dans la bouche, il avait plus que doublé sa mise initiale depuis qu'il s'était attelé à la tâche.

À ses côtés, Damon faisait tournoyer son whisky, et son sourire grandissait.

— Cet été restera dans les annales, dit-il en jetant un regard à Jim. Que la voyante ait eu raison ou non, nous avons vécu de bons moments, n'est-ce pas ? Je veux dire, tout bien considéré, qui aurait pu imaginer qu'un loup et un ours pourraient aller aussi loin que nous l'avons fait au cours des douze dernières années ?

Jim leva son deuxième verre en l'air.

— Ça s'améliore de jour en jour.

Damon fit tinter leurs verres l'un contre l'autre, et ils burent tous les deux, la liqueur glacée coulant dans la gorge de Jim dans un flot qui se changea en flammes liquides.

Le choix d'un loup métamorphe comme meilleur ami n'était pas ordinaire, mais ni Jim ni Damon n'étaient des métamorphes typiques. Damon préférait rester à l'écart de la meute de loups plutôt que de traîner avec elle. Et la plupart des ours, plutôt connus pour apprécier la solitude, ne comprenaient pas pourquoi Jim appréciait d'avoir constamment de la compagnie autour de lui.

Il aimait bien être seul, mais la foule le rendait étonnamment heureux. Quant aux femmes...

Ces derniers temps, il en revenait toujours aux femmes. Elles étaient sa distraction, son salut.

De l'autre côté du bar circulaire, deux femmes aux formes harmonieuses les regardaient, battant des cils tout en dégustant leurs boissons et en chuchotant ensemble à voix basse.

Damon vit qu'elles les avaient remarqués, et un faible grondement approbateur lui échappa tandis qu'il faisait signe au barman. Il commanda un pichet de bière, puis se retourna vers Jim.

— Au fait, la blonde de droite te trouve exceptionnellement sexy. Elle a envie de t'engloutir d'un seul coup.

Jim s'étouffa avec sa boisson.

— On devrait te livrer avec un panneau d'avertissement. Ce n'est pas juste que l'ouïe des loups soit à ce point meilleure que celle des humains.

— Tu te plains uniquement parce que tu n'entends strictement rien.

— Va te faire voir.

Son ouïe était meilleure que celle d'un humain

ordinaire, mais pas aussi bonne que celle d'un loup. C'était encore l'un des plaisirs d'avoir de vieux amis : les mêmes discussions pouvaient durer des années.

— Tu veux que je te botte le train ?

Son ami pivota sur sa chaise.

— Abstraction faite, pour un bref instant, des demoiselles bien trop désirables qui flirtent avec nous, es-tu prêt à relever le défi de cette année ?

— Je suppose que nous n'allons pas faire de canoë le long de la rivière Yangtze ?

L'année précédente, il avait été à deux doigts de gagner, raison pour laquelle il n'imaginait pas que Damon se lancerait à nouveau dans un défi physique. Pourtant, ils étaient ici, dans le Nevada.

— Nous allons faire une randonnée dans le désert, c'est ça ? Pas de nourriture, pas d'eau. Une vraie épreuve de survie, dans la plus pure tradition des métamorphes.

— Malheureusement, il y a un peu trop de satellites qui parcourent cette partie de l'État. Je ne crois pas que nous voulions que quelqu'un se demande pourquoi il y a un grizzly qui se balade dans la zone. Bon sang, tu as envie de te prendre une autre fléchette tranquillisante ?

Jim se mit à rire en songeant au désastre qui avait eu lieu quelques années auparavant.

— Je ne m'attendais pas à ce que la police montée canadienne nous trouve si loin au nord du Québec.

— Tu as de la chance que j'aie réussi à trouver dans quel zoo ils t'avaient emmené après t'avoir capturé, répondit Damon en posant son verre sur le bar. Non, en tant que dernier vainqueur, c'est moi qui fixe le défi, et j'ai travaillé dur pour que ce soit parfait. J'ai envisagé d'organiser un jeu d'esprit...

— Tu admets déjà ta défaite, n'est-ce pas ? Vu que tu n'es pas armé pour ça.

Damon ignora son interruption.

— ... et à la place, j'ai décidé que vendredi, nous ferions l'aller-retour en deux-roues jusqu'au lac Crater.

Un instant...

— D'accord, le truc du deux-roues, ça me va, tant qu'on parle de motos. Mais c'est quoi, le truc ? Pourquoi m'avoir dit de venir lundi si on ne fait ça que vendredi ?

— Je peux t'emprunter ton téléphone une seconde ?

Jim réfréna un juron et le lui tendit.

— C'est immature de ne pas répondre à ma question. Qu'est-ce qui se passe ?

Son ami haussa les épaules, jetant un bref coup d'œil au téléphone.

— Je me suis dit que tu avais besoin d'une chose en ce moment. Du temps libre.

— Très bien. Je prendrai ma journée pour faire le trajet.

— Et tu replongeras dans le boulot le jour suivant.

— Et donc ?

Jim lui jeta un regard noir, le mettant au défi de continuer à pousser.

Tel le loup lunatique et fou qu'il était, Damon ne fit que sourire davantage.

— Alors, considère ceci comme des vacances forcées. À partir de maintenant et jusqu'à ce qu'on prenne la route, tu n'es plus en service. Tu es à Vegas. Joue, trouve quelqu'un à t'envoyer. Amuse-toi.

Merde. Son ami était assez con pour l'obliger à s'amuser.

— Ce sont des conneries, Damon. Rends-moi mon téléphone.

— Pas de problème.

Choqué et incrédule, Jim regarda Damon lâcher

délibérément son lien direct avec le travail dans le pichet de bière que le serveur venait de poser sur le comptoir.

— Tu crains.

Damon tira le récipient hors de portée avant que Jim ne puisse sauver son matériel.

— Je sais que tu n'as rien de vital dans les tuyaux, puisque tu ne savais pas où je nous emmènerais. Ce qui veut dire que, obsessionnel comme tu l'es, tu as vidé ton planning pour la semaine. Prends sur toi, et amuse-toi, pour une fois.

C'était presque impossible de rester en colère contre ce loup dingue.

— Tu me dois un nouveau téléphone, et un nouveau pichet de bière.

— Ça marche, lui dit Damon en lui tendant la main. Dès qu'on rentrera de voyage, je t'en achèterai un nouveau avec toutes les dernières options.

Jim céda et renonça à lutter, serrant la main de son ami. Ce n'était pas une si mauvaise idée, de passer quelques jours à traîner avec cet enfoiré.

— Ça fait un bout de temps qu'on n'a pas fait ça.

— Peut-être pas toi, mais moi, je suis à fond et prêt pour le prochain tour.

Damon recula sa chaise, inclinant la tête vers les deux femmes, montrant clairement quel genre d'action il avait en tête.

Bon sang, oui. Jim établit un contact visuel avec les femmes qui le jaugeaient comme s'il était une délicieuse part de gâteau. L'une d'elles se lécha les lèvres, et une vague de chaleur sexuelle envahit ses tripes. Damon insistait pour qu'il reste et joue ?

Ce pouvait être amusant.

Il déposa un tas de billets sur le comptoir, et fit signe au barman.

— Dites à ces dames que leurs boissons sont pour moi.

Jim posa une main entre les épaules de Damon et le poussa vers le coin du bar surélevé. Les femmes les regardaient, les joues rouges, visiblement ravies de les voir approcher.

— Qui a dit que tu manquais d'entraînement ? lança-t-il, et Damon lui donna un coup de coude dans les côtes. Tu es un chien.

— Et c'est toi, le loup, qui dit ça ?

Son ami ne discuta pas. En fait, il se glissa avec aisance entre les femmes, posant les mains sur leurs épaules alors qu'il passait en mode flirt.

Concentré sur sa tâche, Damon ne remarqua pas que Jim s'était arrêté net, captivé par le spectacle le plus fascinant du casino.

Des courbes sensuelles couronnées par la concentration absolue du regard de la femme, rivé sur une table de poker. Son visage était d'une beauté inhabituelle, avec des pommettes hautes et une bouche de travers, dont les coins étaient recourbés en un sourire qui évoquait l'espièglerie.

Jim débloqua ses pieds de l'endroit où ils étaient restés figés au sol, avançant lentement pour pouvoir regarder de plus près sa merveilleuse découverte.

Ses cheveux étaient incroyables. De longues mèches d'or rougeâtre filées, fraîchement sorties de la roue de Rumpelstiltskin, dont la masse chatoyante frôlait ses épaules. Le minuscule diamant sur le lobe de son oreille scintilla dans la lumière tandis qu'elle passait une mèche lâche derrière son oreille.

Il voulait voir si ses cheveux étaient aussi doux et soyeux que les fils de cuivre auxquels ils lui faisaient penser. Ce cuivre, il l'avait, au cours de ses premières années de construction, minutieusement manipulé, enroulant de vieux fils en paquets pour les revendre.

Il avait gagné une partie de ses millions en touchant du cuivre, et pour l'instant, il ne demandait rien d'autre que de recommencer.

Une agréable sensation d'impatience parcourut ses membres, et son ours se réveilla en grondant.

Elle était petite, minuscule même. La taille d'une femme qu'il pourrait soulever d'un bras sans même sentir son poids, surtout si elle passait ses bras autour de son cou.

Bien sûr, cela l'amènerait à enrouler ses jambes autour de ses hanches, et soudain, les images qui défilèrent dans son esprit furent bien plus fascinantes que l'idée de traîner avec Damon, même avec les charmantes femmes du bar.

Sa femme mystérieuse se lécha les lèvres, et son aine se contracta davantage. Il contempla l'humidité laissée sur la surface charnue alors qu'il était pris d'une irrépressible attirance. Il avait besoin de la goûter. Ses lèvres, la courbe de son cou. Le doux gonflement de ses seins.

Son sexe était dur comme de la pierre contre le devant de son pantalon de ville, et il avait bien l'intention de faire quelque chose à ce sujet. Très bientôt.

Un sentiment vif d'inquiétude le saisit : tout dans l'innocence de la jeune femme interpellait son côté protecteur. Il ne voulait pas simplement coucher avec elle quelques fois. Il voulait l'entourer de ses bras, se baisser pour la protéger des regards de tous pendant qu'il goûterait pour la première fois à sa moue teintée de rose. Mais il était *hors de question* qu'une autre femme se mette entre lui et la victoire dans ce défi.

Ce qui entraîna une conversation entre sa concupiscence et son ambition. Jim n'avait jamais compris pourquoi certaines personnes parlaient d'avoir un ange et un démon sur leurs épaules quand il s'agissait de résoudre des dilemmes moraux.

Tout ce qu'il avait, c'était un enfoiré et un coureur de jupons invétéré, et c'était effrayant de voir à quelle vitesse ils en venaient aux faits.

On n'est que lundi. Tu as jusqu'à vendredi.

Il s'agit juste de la prendre dans un lit.

Bien sûr. Et dans la douche. Et contre le mur.

Va la chercher...

Il la scruta à nouveau de haut en bas, son amusement croissant après avoir repéré les chaussures vert fluo à ses pieds. Son pantalon gris pâle épousait ses jambes, s'arrondissant sur le galbe de ses hanches. Elle portait un haut blanc avec ce qui ressemblait à de minuscules pois éparpillés sur le tissu, avec une capuche dans le dos. La coupe sur le devant était sobre, mais il pouvait facilement arranger cela en détachant quelques boutons pour mieux admirer ses seins généreux. Pour quelqu'un qui lui arrivait à peine au menton, elle était bâtie exactement comme il l'aimait.

Maintenant, tout ce qu'il avait à faire était de la convaincre de passer du temps avec lui.

Damon insistait pour qu'il se détende ? Il savait exactement comment et avec qui il avait l'intention de le faire.

2

———————

Au cours des trente minutes qui s'étaient écoulées depuis qu'elle s'était glissée dans le casino, Lillie avait observé attentivement les lieux, incapable de décider où regarder en premier. Elle avait vu des photos de Vegas en ligne, et visionné les panoramas de caméras en direct, mais la réalité était bien plus excitante qu'une image sur écran plat, même une installation HD multi-écrans comme celle sur laquelle elle avait fait ses recherches.

Il lui avait fallu se battre pour en arriver là, mais maintenant qu'elle y était enfin, elle allait en profiter au maximum.

En espérant ne pas paniquer en cours de route.

Bzzzzz.

Elle sortit son téléphone de sa poche, jetant un coup d'œil au message reçu. Addie. Un limier en formation : elle aurait dû savoir que sa meilleure amie n'allait pas la laisser s'en tirer aussi facilement.

Tu es toujours en vie ? Tu as été enlevée par des pirates ?

Lillie rit doucement en tapant sa réponse. *Je ne suis pas chez Disney, c'est Vegas.*

Disney, ce sont les souris géantes. Tu détestes les souris.

Voilà pourquoi Vegas a maintenant un nouvel ours. Pour quelques jours, au moins. Je vais bien. Rien n'a changé depuis mon message à l'aéroport.

Lillie se cala contre le côté d'une machine à sous, jetant un coup d'œil au nombre croissant de personnes dans la zone. Elle commençait à avoir faim, et il était peut-être temps de faire une pause avant que son ourse intérieure ne se réveille et ne prenne peur.

Envoie-moi un message si tu as besoin de quelque chose, chérie. N'importe quoi. Tu es folle, mais tu es ma folle.

Et ça ? C'était ce qui rendait Addie si spéciale. Loyale et digne de confiance jusqu'au bout. *Oooh, merci. Je te promets de te donner des nouvelles.*

Gardant à l'esprit les besoins croissants de son estomac, Lillie remit son téléphone dans sa poche et leva le menton, humant l'air pour trouver la meilleure direction à prendre. Elle allait dîner... peut-être même regarder un show.

Trouver quelqu'un avec qui vivre un dernier flirt était aussi sur sa liste de choses à faire, mais dans le bas. Tout en bas. Le concept semblait amusant, mais elle n'était pas très douée pour les aventures, du moins pas dans la vraie vie.

Dans son imagination ? C'était une autre histoire. Dans sa vie imaginaire, elle était la reine des interludes cochons.

Elle jeta un coup d'œil au casino, observant les lumières clignotantes et les bruits forts, tandis qu'elle faisait défiler mentalement quelques-unes des incroyables aventures qu'elle avait imaginées sans le moindre problème. Son homme parfait lui vint à l'esprit. Sombre et mystérieux, suffisamment sexy pour faire battre son cœur, mais gentil et compréhensif...

En fait, pour ce qui était de prévoir une aventure, elle allait se concentrer sur le côté sexy et qui savait comment s'en servir plutôt que de chercher un type qui se souvenait des anniversaires et lui offrait des fleurs. Elle voulait quelqu'un qui la transporte et qui la fasse vibrer toute la nuit.

Comme si ce genre de choses pouvait se produire.

Son regard se figea à l'approche de l'un des plus beaux spécimens masculins qu'elle avait jamais vus dans sa vie, comme si l'homme de ses rêves avait pris vie. C'était peut-être comme Disneyland ici, un endroit où tous ses rêves pouvaient se réaliser.

Quand tu fais un vœu...

Rêve ou pas, observer l'homme aux cheveux noirs déambuler dans l'allée du casino était un exercice de pur plaisir.

Il ne se contentait pas de marcher ni de flâner paresseusement d'un côté à l'autre comme les autres joueurs. C'était comme si chacun de ses pas était délibéré. Pas un centimètre à gauche ou à droite qu'il n'ait pas voulu. Et à chaque pas, son costume taillé sur mesure se balançait négligemment sur ses larges épaules, avec la chemise blanche impeccable en dessous ouverte au col.

Mmmh, c'était très chouette. S'il avait porté une cravate, il aurait eu l'air plutôt professionnel. Solennel et imposant. Terriblement canon dans son costume bien taillé, mais...

Il y avait un truc avec l'absence de cravate qui faisait exploser le plaisir des yeux. Comme s'il avait dénoué la soie noire et l'avait retirée lentement. Qu'il l'avait fait passer dans sa main dans un geste sensuel avant d'enrouler le tissu encore *empreint de la chaleur de son corps* autour des poignets de sa partenaire consentante, avant de tranquillement l'attacher à la tête de son lit.

Ou peut-être avait-il commencé à se déshabiller dans l'espoir de ravir quelqu'un, ce qui transformait le reste de sa tenue en une attitude qui disait « au diable le code vestimentaire ».

Le prédateur visible dans chaque recoin de son corps tentait de se camoufler, se dissimulant jusqu'au moment où le placage verni glisserait, et où il exploserait en un animal furieux et affamé, la possessivité à fleur de peau...

Tout doux, idiote !

Lillie cligna des yeux, plaquant une main sur sa poitrine alors qu'elle s'efforçait de ralentir sa respiration. Elle était devenue légèrement incontrôlable quand elle s'était glissée dans son monde imaginaire. Bon sang, il aurait fallu qu'elle se mette à écrire des fanfictions ou autre chose, elle se mettait en sueur.

Pourtant, avec la barbe naissante sur son menton, son nez aristocratique, ses lèvres fermes serrées avec détermination... Le genre de délices dont il serait capable dans l'un de ses rêves éveillés n'était pas que le fruit de son imagination. Sans parler de son regard intense qui la fixait comme si elle était sa proie et...

C'est alors qu'elle comprit enfin que tous ces pas délibérés amenaient M. Sombre et Dangereux droit vers *elle*.

Le martèlement sourd de son cœur coupable était assez puissant pour secouer son corps tout entier. Wouah, est-ce qu'elle avait déjà été découverte ?

Il n'y avait aucune raison de présumer que la petite escapade qu'elle avait aménagée dans son planning chargé continuerait à être un succès, mais il était bien trop tôt pour abandonner l'aventure. Il lui avait déjà fallu une incroyable dose de chance pour arriver à Vegas.

Seulement, à mesure que l'homme aux yeux noirs et beau à se damner réduisait la distance entre eux, il devenait de plus en plus manifeste qu'il n'était pas un agent de sécurité qui avait compris qu'elle n'était pas là où elle était censée être.

Et plus il se rapprochait, plus elle se rendait compte que, qu'il soit ou non un agent de sécurité, se retrouver face à face avec un homme aussi puissant n'était pas sur sa liste de souhaits actuels.

Lillie fit volte-face et battit en retraite, courant presque vers le centre de l'allée avant de se faufiler latéralement entre les rangées de machines à sous. Elle fit cinq pas en avant et coupa à gauche, cinq autres puis à droite, se déplaçant aussi rapidement que possible, zigzaguant à travers le casino.

Heureusement qu'elle portait des baskets et non des talons hauts. Elle se fichait éperdument de ne ressembler à rien, du moment qu'elle ne se faisait pas prendre.

Elle se glissait parmi les foules de gens, esquivait les machines. N'importe quoi, pour s'éloigner de l'homme qui la regardait comme si elle était la seule chose à son ordre du jour pour les prochaines vingt-quatre heures.

La seule chose sur le menu.

Elle s'arrêta brusquement, fouilla dans sa poche pour trouver de la monnaie et tourna le dos à la salle. Elle pouvait peut-être se cacher en pleine lumière.

Lillie glissa une pièce dans la machine et appuya sur le gros bouton carré à droite, sans se soucier du jeu auquel elle jouait. Elle se fichait de tout, sauf de rester sous le radar.

Les rouleaux électroniques sur l'écran défilaient en imitant les bandits manchots de l'ancien temps. Les chances de gagner de l'argent étaient faibles : elle aurait choisi le blackjack si tel avait été son but. La technologie des boîtes noires mettait sans conteste les chances du côté de la maison.

La plupart des gens ne remarqueraient que les couleurs qui tournent. Elle les ignora, glissant une autre pièce dans la fente tout en examinant prudemment les machines de chaque côté d'elle. Ses voisins les plus proches ne lui jetèrent même pas un regard tant ils étaient obsédés par leurs jeux.

Lillie aperçut son propre reflet et se retint de balancer un commentaire acerbe sur sa propre stupidité. Elle remonta la capuche de son haut. Si quelque chose devait la trahir, ce serait sa couleur de cheveux distinctive.

Elle continua à introduire des pièces dans la machine, les cloches et les sifflets semblant devenir plus forts à chaque fois qu'elle appuyait sur le bouton. Mais elle était trop occupée à essayer de surveiller les alentours sans avoir l'air de regarder frénétiquement autour d'elle pour voir si quelqu'un était sur le point de se jeter sur elle.

Son ourse grogna nerveusement. Selon ce côté de la psyché de Lillie, ce voyage entier était tout simplement désagréable.

Une sieste bientôt ? suggéra son ourse. *Dans un endroit tranquille ?*

La raison pour laquelle son côté humain avait insisté pour faire un voyage en février dépassait l'entendement de l'animal. En tant que métamorphe, elle n'avait pas à faire quelque chose d'aussi idiot que d'hiberner, mais il lui fallait bien plus d'efforts pour convaincre son ourse de sortir pendant l'hiver.

Si l'on ajoutait à cela le fait de se jeter volontairement dans une salle bondée où se mélangeaient toutes sortes d'humains et de métamorphes... Son ourse s'enveloppa de ses bras poilus, et se recroquevilla pour faire la moue.

Pour le moment, Lillie n'avait pas le temps de s'occuper d'elle-même. Son cœur cognait toujours, et le grondement dans son ventre résultait maintenant plus des nerfs que de la faim.

Mais il lui semblait qu'elle était tirée d'affaire en ce qui concernait le type qu'elle fuyait.

Elle appuya à nouveau sur le bouton.

Inséra une autre pièce.

Elle prit une grande inspiration qu'elle relâcha lentement, jeta un coup d'œil par-dessus son épaule pour vérifier une dernière fois. Se pouvait-il qu'elle soit en sécurité ? Elle était prête à rejoindre la sécurité et la tranquillité d'un endroit très, très lointain.

Sans chercher à regarder à nouveau le jeu, elle se retourna, le regard passant d'un côté à l'autre pour s'assurer que la voie était libre.

Ensuite, cela se produisit. Dans son dos, une sirène se mit à hurler.

Elle se retourna juste à temps pour voir les lumières clignotantes sur le haut de sa machine. Elle tendit la main pour essayer d'éteindre ce qu'elle avait déclenché. Elle voulait désespérément faire cesser les bruits forts et gênants qui attiraient l'attention dans tout le casino, mais ne disposait d'aucune clé de contrôle ni de commande informatique pour y accéder.

Le mot « *jackpot* » clignotait en couleurs néon.

Oh, bon sang. C'était terrible, horrible. Lillie s'éloigna de la machine comme si elle était faite de scorpions.

— Wouhou ! C'est une chouette nouvelle pour vous ! s'exclama la femme à sa gauche en se levant de son tabouret, tapotant Lillie sur l'épaule.

— La vache ! Cent mille dollars ?

L'homme à sa droite s'avança aussi, tapant dans ses mains et applaudissant bruyamment.

Il n'y avait pas qu'eux deux. Apparemment, tout le

monde autour d'elle abandonnait sa machine et se rapprochait d'elle. Lui interdisant toute sortie et aspirant son oxygène.

Elle ne pouvait pas respirer. Son ourse gronda, s'agrippant à elle pour exiger qu'ils s'enfuient. À chaque mouvement, Lillie se heurtait à quelqu'un, des mains serviables la repoussant vers la machine incroyablement bruyante et effrayante.

Peut-être que si elle fermait les yeux, les choses iraient mieux. Des étoiles flottaient dans le noir de l'intérieur de ses paupières tandis qu'elle essayait désespérément de repousser une véritable crise de panique.

Elle n'avait plus peur d'être découverte au mauvais endroit. Maintenant, tout ce qu'elle voulait, c'était mettre de l'espace entre elle et les gens qui se rapprochaient bien trop près.

Son ourse remonta à la surface alors qu'elle pleurait de peur, et Lillie couvrit son visage de ses mains, luttant contre l'envie de se transformer sur-le-champ. C'était la dernière chose dont elle avait besoin, mais elle était sur le point de ne plus avoir le choix.

Lillie tremblait, au bord du gouffre, lorsqu'une voix autoritaire transperça le chaos, ordonnant à la foule de s'éloigner. Elle se retrouva enveloppée dans des bras puissants, et une main tint son visage contre un solide mur de muscles.

— Tout le monde, retournez à ce que vous faisiez. Elle va bien.

— Elle va plus que bien, cria quelqu'un. Elle a gagné le jackpot.

— Effectivement.

La voix de son mystérieux sauveur gronda dans sa poitrine, l'apaisant comme une couverture. Lillie passa les bras autour de l'homme et s'accrocha fermement. La chaleur de sa poitrine, ce mur solide contre lequel elle s'était cachée, atténua sa panique humaine.

Son ourse, en revanche, était terriblement agitée. Lillie lutta pour que cette autre facette d'elle-même prenne le dessus, mais la bête n'était pas prête à abandonner le combat.

Un autre grondement sourd la frappa comme un ordre, et son ourse se figea. Des doigts puissants soutenaient l'arrière de sa tête, la maintenant immobile.

— Détends-toi, ma belle. Je vais m'occuper de tout.

Elle prit une profonde inspiration, et elle comprit exactement ce qu'il était. Le parfum qui lui emplissait la tête était ô combien masculin, mais la force de son côté métamorphe s'exprimait haut et fort. Son ourse remua les oreilles un moment, intégrant cette nouvelle donnée.

Enfin, pas ses *véritables* oreilles, car cela se serait avéré très inconfortable.

Il fallait qu'elle lui réponde. Qu'elle le prévienne qu'elle n'était pas encore en sécurité. Même lovée contre lui, ses doigts emmêlés dans sa chemise, elle était sur le point de se briser. S'il avait voulu l'abandonner à ce moment-là, il aurait dû la décoller de son corps.

Elle rassembla toutes ses forces pour former un mot.

— Peur.

— J'ai remarqué.

Elle aurait pu jurer qu'il avait pressé ses lèvres sur le haut de sa tête, mais comme elle avait les yeux fermés, elle ne pouvait pas en être sûre.

Il donna quelques ordres supplémentaires, prononçant les mots d'un ton sec, clair et précis. Lillie se sentait stupide de ne pas se défendre seule, mais il y avait une limite, et elle s'en était bien trop rapprochée. Elle était moins susceptible de causer un terrible incident si elle le laissait gérer les autres.

Quand il la souleva en l'air comme une jeune fille des temps jadis que l'on sauvait d'une pâmoison, elle ne protesta pas. Mais vu comme elle avait le tournis, elle n'était pas loin d'en être là.

Tout ce qu'elle savait avec certitude, c'était qu'à mesure que les voix s'estompaient, que les cloches et les sifflets disparaissaient lentement en arrière-plan, l'envie de vomir s'estompait également, et c'était une bonne chose.

L'un de ses bras forts était enroulé autour d'elle, et l'autre était passé sous ses jambes. Lillie s'étira pour lui serrer le cou, l'autre main toujours enfouie sous sa veste, où elle empoignait le tissu dans son dos.

Il sentait bon. Un peu comme la fumée de bois mélangée à l'air vif de l'hiver. C'était une odeur familière et revigorante. Sensuelle et enivrante. Ils avançaient toujours rapidement. Son ourse n'était plus sur le point de transpercer sa peau, mais ni l'humaine ni la bête n'étaient prêtes à se détendre.

Lillie ouvrit les yeux avec précaution, regardant d'abord la poitrine de son sauveteur. Sur sa chemise blanche qui était à présent froissée à cause de ses doigts crispés. Sa veste sombre était ouverte, elle avait passé un bras sous la veste et son autre main touchait les cheveux de sa nuque.

Son cœur manqua un battement quand son regard tomba sur le visage de ce même homme qu'elle avait fui plus tôt. Elle rassembla ses maigres réserves de courage.

— Où m'emmènes-tu ?

— Dans un endroit où tu pourras te détendre.

Mmmh. S'il continuait à parler, ça aiderait beaucoup. Le grondement de sa voix se propageait contre elle, vibrant au fond de ses oreilles et envoyant ricocher des impulsions sur ses terminaisons nerveuses sensibles.

Il franchit une porte, avançant toujours à un rythme soutenu. Lillie se redressa pour jeter un œil à l'endroit où ils se trouvaient. Une profonde respiration lui suffit pour comprendre qu'ils étaient maintenant entourés de métamorphes.

Ce qui faisait de cette pièce un endroit plus agréable pour elle, mais pas tellement.

Son regard se posa un instant sur un puma allongé sur un canapé, tandis que son partenaire patient sous forme humaine lui faisait tomber dans la bouche des coquilles Saint-Jacques enveloppées de bacon, l'une après l'autre.

À leur droite, à l'extérieur d'un long mur de verre, se trouvait une piscine clôturée, avec une partie du toit en toile de parachute stratégiquement disposée pour laisser entrer le soleil tout en assurant l'intimité vis-à-vis des observateurs curieux au-dessus. Plutôt que des chaises de plage, des coussins moelleux jonchaient le bord, et différents visons, furets et lynx étaient lovés au soleil. Un couple, un sous forme humaine, l'autre pataugeant avec ses grosses pattes de panthère dans le courant, flottait sur des chambres à air autour de la rivière lente.

Un paradis aménagé pour les métamorphes.

Elle engloba la scène d'un seul coup d'œil, mais il y avait encore trop de gens, et Lillie frissonna, appuyant une fois de plus son visage contre son sombre inconnu.

Jim s'abaissa sur une chaise et la serra contre lui. Il ne s'attendait pas à cela quand il était allé saluer sa belle distraction.

En fait, il s'était amusé à la traquer. Son ours n'avait rien contre un petit jeu de cache-cache. Mais il l'avait repérée un instant avant qu'elle ne décroche le jackpot. Elle jetait des regards nerveux autour d'elle, comme si quelqu'un était sur le point de jeter un filet sur sa tête. Et le pur désespoir qui avait suivi...

Non, il s'était trouvé exactement au bon endroit au bon moment. Elle avait été à deux doigts de se transformer en public, et c'était un problème en soi. Il aurait aidé n'importe quel autre métamorphe en détresse, mais sauver sa mystérieuse beauté...

Tu n'étais pas censé ne pas t'impliquer ?

J'ai jusqu'à vendredi.

Ne l'oublie pas, lui souffla son ambition.

Comme s'il pouvait oublier. Il savait quel était son problème. Il avait un complexe du héros, voilà tout. Et comme c'était le cas, autant continuer et en profiter.

Il baissa les yeux sur elle, plutôt heureux qu'elle ait continué à s'accrocher à lui.

— Tu te sens mieux ?

Elle acquiesça une fois avant de secouer vigoureusement la tête.

— Trop de gens. Trop de puissance.

Hum. Il ajusta sa position pour qu'elle soit assise plus confortablement, lui tenant la tête de sorte qu'elle ne puisse regarder que lui, et non la pièce autour.

— Ce ne sont que des métamorphes. C'est moi la chose la plus effrayante ici.

Elle avait les deux mains sur le devant de sa chemise, les paumes appuyées sur sa poitrine. Il aimait qu'elle le caresse, même si c'était à travers une couche de tissu.

— Je sais, murmura-t-elle, mais mon ourse n'aime pas les foules.

Il ne put s'empêcher de rire, doucement pour ne pas l'effrayer davantage.

— Vegas n'est peut-être pas la meilleure destination de vacances pour toi, ma belle.

Elle souleva légèrement les épaules.

— C'était ma seule chance, et je pensais pouvoir la saisir.

L'envie de la toucher était trop tentante pour résister plus longtemps. Jim lui caressa la joue, continuant vers l'arrière jusqu'à ce que ses doigts entrent en contact avec ses cheveux, touchant la masse brillante encore et encore tandis qu'il massait les endroits douloureux. Il la caressa avec de longs et lents mouvements, jusqu'à ce qu'elle soupire doucement, le corps détendu.

— Et voilà. Tu es en sécurité.

Elle poussa un soupir de satisfaction. Le son était comme une sonnerie de clairon, qui réveilla complètement son membre. Jim aimait la sensation de cette douceur dans ses bras, toute tendre et chaude. Il était prêt à l'emmener quelque part, à la déshabiller et à reprendre cette position. Peut-être avec ses genoux de part et d'autre de ses hanches, pour qu'il puisse empoigner ses fesses et l'aider à le chevaucher.

Son ours gronda pour marquer son intérêt. Son humain était d'accord : son sexe était plus dur qu'avant, mais il devait faire les choses bien et s'assurer qu'elle n'avait pas déjà un partenaire.

— Y a-t-il quelqu'un que je devrais appeler ?

La réponse fut immédiate. Elle se redressa d'un coup, comme si on l'avait branchée sur une source électrique.

— Oh non. C'est bon. Je vais bien maintenant. Merci pour toute ton aide.

Quand elle voulut s'éloigner de lui, Jim résista, la tenant avec fermeté.

— Laisse-moi te raccompagner dans ta chambre, alors. Tu dois accorder un temps calme à ton ours pour ne pas faire de bêtises.

Elle écarquilla les yeux avant de se reprendre. Elle les leva au plafond alors qu'elle refermait la bouche sur sa lèvre inférieure, la mordillant frénétiquement.

À l'évidence, son paquet d'ennuis était en train d'essayer d'inventer un mensonge convaincant. Cela devenait de plus en plus divertissant.

— Ça va aller, répéta-t-elle. Mais merci de m'avoir sauvée.

Elle baissa les yeux, ses mains s'écartant lentement de sa poitrine alors qu'elle tentait de s'éloigner.

— Au moins, laisse-moi venir avec toi pour récupérer tes gains. Il te faut un garde du corps si tu veux récupérer une telle somme d'argent.

Il observa sa bouche remuer quand elle laissa échapper un « oh, merde ! » silencieux.

— C'est vrai. L'argent.

— Oui, l'argent, répéta-t-il, de plus en plus amusé. Tu n'avais pas l'intention de gagner de l'argent à Vegas ?

— Pas autant que ça.

Elle plaqua une main sur sa bouche.

À présent, Jim était totalement intrigué. Il n'allait pas laisser cette femme quitter son champ de vision, pas seulement parce que tout en elle l'attirait, mais parce qu'elle était terriblement amusante.

— Eh bien, on dirait que c'est ton jour de chance. Quel est ton nom, ma belle ?

— Lillie.

— Et moi, je m'appelle Jim. Tu es d'accord pour aller faire un tour ?

Cette fois, lorsqu'elle essaya de se lever, il la laissa faire, attendant patiemment et admirant chacun de ses mouvements tandis qu'elle rajustait ses vêtements et tapotait ses cheveux derrière ses oreilles. Debout entre ses jambes, ses yeux vert noisette étaient presque au même niveau que les siens tandis qu'elle se tortillait et tirait, ajustant le tissu doux de son sweat à capuche sur sa poitrine généreuse.

Pour la première fois, il vit ce qu'il avait pris pour des pois. Son haut était constellé de petits ours en peluche. Il sourit.

Il sourit encore plus quand elle termina de se rajuster et reporta son attention sur lui. Elle lissa les plis de la chemise, secouant la tête d'un air consterné quand elle ajusta son col et tira sa veste pour la remettre en place.

— Je suis désolée. On dirait bien que je t'ai ébouriffé.

— Tu peux m'ébouriffer quand tu veux.

Elle croisa son regard, écarquillant les yeux, et ses joues rougirent.

— Oh...

Bon sang, elle était la créature la plus charmante qu'il avait vue depuis longtemps.

— En fait, si tu désires un peu plus d'*ébouriffage*, je ne vois aucun inconvénient à t'aider.

Elle déglutit, hésitante. Puis baissa les yeux.

— Je crois que ça me plairait.

Ce fut dit d'une voix douce, mais claire.

Jim la prit par la main et l'entraîna hors de la pièce, curieux de découvrir où cette charmante diversion allait le mener. Ce n'était pas ce qu'il s'attendait à faire à ce moment précis, mais il ne voulait surtout pas s'arrêter.

3

*P*ourquoi ?

Pourquoi fallait-il qu'elle soit si chanceuse ?

C'était une bonne chose que Jim ait été là pour aider à sauver la situation, mais cela n'aurait pas été nécessaire si elle avait remporté une somme minime, comme vingt ou cinquante dollars. Mais *non*...

Elle jeta un coup d'œil par-dessus son épaule à la pièce qu'ils venaient de quitter.

— Tous les casinos ont-ils des sections adaptées aux métamorphes ? J'ai fait un maximum de recherches, mais je n'ai entendu parler que de salles sur invitation.

— C'est plus simple d'entrer quand on connaît quelqu'un, mais oui, presque tous les hôtels ont un endroit sûr, que les propriétaires le sachent ou non, expliqua-t-il en balayant l'espace d'un geste du bras. C'est le Luxor qui a l'installation la plus adaptée aux métamorphes. Il appartient à la cheffe des tigres d'Amérique du Nord, et elle a veillé à procurer un maximum de confort aux créatures qui viennent jouer. Mais c'est le Bellagio que je préfère.

Il les guida à travers le labyrinthe du casino, s'en tenant

aux zones peu occupées, une gentillesse pour laquelle Lillie lui était reconnaissante. Il lui fallut moins de temps qu'elle ne l'aurait cru pour récupérer ses gains et ranger le chèque dans son portefeuille.

— Merci de m'avoir aidée.

Il lui serra les doigts, captura son regard et lui fit un clin d'œil tandis qu'ils quittaient la caisse pour aller plus loin dans l'hôtel.

— Tu vas te rendre compte que je suis un homme très serviable. Je suis doué pour toutes sortes de choses.

L'imagination de Lillie s'emballa, et cette fois, il ne semblait pas possible de la freiner.

— Tu n'es pas ici avec quelqu'un, n'est-ce pas ?

Jim secoua la tête.

— Eh bien, pas avec une femme, si c'est ce que tu demandes. Mon ami Damon est quelque part dans le coin, mais tu n'as pas besoin de le rencontrer.

Le grondement au fond de sa voix quand il prononça ces mots lui donna des frissons.

— Quel est le problème avec lui ? murmura-t-elle.

Le grand ours ralentit, l'attirant vers lui avant de la plaquer contre un pan de mur vide. Il prit ses doigts dans sa main, et porta ses jointures à sa bouche. Ses lèvres se pressèrent brièvement sur sa peau, et une très agréable poussée d'adrénaline courut le long de son bras jusqu'à la frapper au cœur.

Si son cœur avait été placé directement entre ses jambes.

— Damon est un voyou. Un terrible bourreau des cœurs. Quant à moi, je suis le parfait gentleman.

Elle savait reconnaître une réplique de drague quand elle en voyait une. Un sourire étira ses lèvres.

— Évidemment. Je l'ai senti.

— Avant, ou après avoir décidé de me fuir ?

Elle s'était mise dans une position intéressante. Elle était dos au mur, et son grand étranger appuyait un bras de chaque côté de son corps pour la maintenir en place. Elle ressentait encore une légère pointe de peur, mais il s'était montré suffisamment digne de confiance pour qu'elle passe ses mains sur sa chemise, sans prendre la peine de répondre à sa question par des mots.

— Tu n'as plus l'intention de t'enfuir.

Le côté humain de Lillie n'en avait effectivement pas l'intention, mais sa timidité pouvait poser problème.

— Tu es un grizzly, chuchota-t-elle.

Il la fixa un long moment, un éclair d'amusement au fond de ses yeux brun foncé.

— Tu as un problème avec mon ours ?

Lillie secoua la tête.

— Pas moi, mais il va peut-être devoir m'amadouer pour convaincre mon ourse de ne pas paniquer.

— Mais tu n'as pas de problème avec moi.

Il joua avec ses cheveux, enroulant une mèche autour de son doigt.

— Non. J'ai déjà dit que ça ne me dérangeait pas d'être un peu ébouriffée.

D'où venait cette affirmation audacieuse ? C'était vrai, mais quand même...

Son sourire arrogant s'élargit.

— Je pense que je vais t'appeler « Poison ».

— Quoi ? Tu ne vas pas m'appeler « Rouquine » ou « Carotte » ou un autre truc pénible ?

— À cause de tes cheveux ? Bon sang, non ! Leur couleur est magnifique.

Il n'arrêtait pas de jouer avec. Son regard était rivé sur ses doigts pendant qu'il les tirait à nouveau.

— Je veux t'appeler par un nom spécial lorsque je les enroulerai dans mes poings et que je te ferai hurler de plaisir.

Eh bien !

Elle eut envie de lever une main et s'éventer le visage après ça, mais à la place, elle attrapa les revers de sa veste et s'y accrocha fermement.

— Est-ce que les hurlements sont prévus pour bientôt ? Parce que je suis totalement pour, mais il faut que je mange d'abord. Je ne voudrais pas m'évanouir pour une mauvaise raison.

Il lui caressa la joue.

— Bon sang, j'aime être un ours.

Elle se mit à rire, incapable de contenir son amusement.

— Pour une raison particulière ? Je veux dire, moi aussi j'aime mon ourse, quand elle ne me rend pas la vie impossible en se déchaînant sur les gens ou en essayant de faire la sieste à des moments inopportuns.

— J'aime le fait de pouvoir te dire franchement que j'ai envie de toi.

Exact.

— Les métamorphes aiment prendre du bon temps.

— Du très bon temps, si tu fais ça bien.

Elle fit glisser ses mains sur le tissu doux de sa veste, savourant son frottement contre sa peau. Elle les étira jusqu'à ce que ses doigts se retrouvent enroulés autour du cou de Jim, puis elle tira.

Il vint docilement à elle.

Ou peut-être s'était-elle trompée, car il s'arrêta quelques centimètres avant que leurs lèvres ne se rencontrent, et ce n'était pas son intention.

Pas. Du. Tout.

— J'adore être un ours, répéta-t-il. Parce que cela

signifie que je peux te voir, savoir que je veux te rendre dingue toute la nuit, et que je n'ai pas besoin de jouer à des jeux pour y arriver. Mais l'autre chose que j'aime aussi ?

Il se rapprocha. Plus près. Un souffle d'air chaud frôla sa joue quand il dépassa ses lèvres pour prononcer les mots directement dans son oreille.

— J'adore être un ours, parce que je suis un enfoiré autoritaire, et qu'être un grizzly signifie que j'arrive à mes fins.

Lillie sentit un délicieux frisson lui parcourir l'échine au son du grondement sombre de sa voix.

— Donc, si ce n'est pas ce qui t'excite, tu ferais mieux d'être une bonne fille. Je te ramènerai à ta chambre, et plus tard, tu pourras sortir te trouver un lapin avec qui t'amuser. Sinon, je te promets de m'occuper de toi, mais c'est moi qui décide.

La tentation de lui lécher le cou était si forte que ses doigts se recourbèrent involontairement, empoignant ses cheveux, dont la texture douce s'écrasait contre ses paumes.

— Au lit ? Ou tout le temps ?

Il ne répondit pas, du moins pas avec des mots. À la place, ce faible grondement s'échappa de sa poitrine, les vibrations passant à l'endroit où les seins de Lillie étaient pressés contre lui. Ses mamelons furent les premiers à se manifester, comme un système d'alarme précoce, celui de la luxure. Les bourgeons se dressèrent brusquement.

Alors que le grondement se réverbérait toujours, des sonnettes d'alarme se déclenchèrent dans son ventre, mais il était trop tard. Son clitoris avait déjà hissé le drapeau blanc de la capitulation, tout son corps était absolument prêt à ce qu'il se comporte en enfoiré autoritaire.

Au lit, et en dehors, s'il le fallait. *Monde imaginaire, je te présente la réalité.* Pendant un bref instant, elle avait l'intention de vivre son rêve.

— Traite-moi bien, et tu pourras être aussi autoritaire que tu veux.

Il resta là en silence, et elle se dit qu'il allait peut-être l'embrasser. La pression de l'attente augmenta, son pouls battant si fort que des étoiles se mirent à flotter devant ses yeux.

Au lieu de cela, il effleura sa joue avec la sienne lorsqu'il se retira, les poils de sa mâchoire laissant une charmante sensation de picotement qui déclencha les papillons dans son estomac.

Jim lui tendit la main.

— Quel type de nourriture aimes-tu ?

— Surprends-moi.

IL AURAIT DÛ SAVOIR que sa soirée ne se déroulerait pas aussi bien qu'il l'avait espéré. Il ne pouvait pas avoir autant de chance, pas avec Damon dans les parages. Jim venait tout juste d'installer Lillie dans un coin tranquille et intime, avait commandé des boissons et avait passé son bras autour d'elle pour la serrer contre lui.

— Dis-moi ce que tu fais à Vegas. On dirait que c'est ton dernier tour de piste ou quelque chose comme ça.

Elle ouvrit la bouche, montrant un soupçon d'hésitation, mais avant que le moindre mensonge ne puisse sortir...

— Voilà donc où tu étais passé.

Damon se laissa tomber sur la banquette en face de Lillie.

— Va-t'en, lui ordonna Jim.

Le sourire de son ami s'élargit, s'adressant à Lillie, comme s'il venait de découvrir la gent féminine.

— Eh bien, tu es une créature absolument délicieuse. Et regarde, tu es ici, attablée avec l'un des individus les plus ennuyeux de la planète. Je suis tellement heureux d'être venu te sauver.

Lillie battit plusieurs fois des cils.

— Salut ! Tu dois être Damon.

Jim rit.

Du moins, il le fit jusqu'à ce qu'au lieu de sembler choqué, Damon se cale sur son siège et hoche la tête d'un air approbateur.

— Je vois que Jim a déjà chanté mes louanges. Ma réputation me précède.

— Si tu ne sors pas d'ici, ta tête va précéder ton corps en franchissant la porte d'entrée.

Jim ajusta les couverts sur la table, se blottissant plus étroitement à côté de Lillie.

Damon arqua un sourcil, dans une imitation de Vulcain qu'il gardait pour les occasions spéciales.

— Quelqu'un est en train de devenir tout possessif et grognon et tout ça. Je suis encore plus heureux de vous avoir trouvés tous les deux.

— Choisis maintenant, le prévint Jim. Tu peux rester, ou tu peux garder tes dents.

Sous son bras, le corps de Lillie trembla légèrement, et il bougea rapidement pour s'assurer qu'elle allait bien.

Elle allait plus que bien, et il ne l'avait pas encore vue avec un sourire aussi brillant depuis leur rencontre.

— Tu as faim, Damon ? Parce que nous allons manger un morceau.

Merde.

— Damon n'a pas faim.

— En fait, je suis affamé, répliqua Damon en arrachant le menu des mains de Jim, qu'il regarda attentivement. J'ai entendu dire que les steaks étaient bons ici.

Jim était à deux doigts de massacrer son meilleur ami et le balancer sur un barbecue quand Lillie posa une main sur sa cuisse et se rapprocha de lui.

— Tu peux partager mon menu, lui proposa-t-elle.

Elle lui sourit, et il se rendit compte qu'il était impossible de refuser quoi que ce soit à ces magnifiques yeux verts.

— Très bien. On peut laisser le pique-assiette traîner avec nous pendant le dîner.

— C'est moi qui paie, insista Lillie.

Damon manifesta aussitôt son amusement.

— Tu crois vraiment que tu vas pouvoir te battre contre nous pour l'addition ?

Elle mordillait sa lèvre inférieure. Jim posa un doigt dessus pour l'arrêter. Se penchant, il effleura les lèvres de Lillie avec les siennes. Sur ce point, il était d'accord à cent pour cent avec Damon.

— Fais plaisir aux grands méchants prédateurs, murmura-t-il contre sa bouche, lui volant un autre presque baiser en guise de hors-d'œuvre. On peut se le permettre.

— Moi aussi, dit-elle en agitant le chèque en l'air.

— Range-le.

— Je ne vis aux crochets de…

— Cesse de protester.

Il trouvait son attitude vraiment rafraîchissante, et il ne put s'empêcher de le lui dire.

— Mais je suis content de ne pas avoir à m'inquiéter que tu sois avec moi pour mon argent.

Elle parut totalement choquée de cette idée.

— Bien sûr que je ne suis pas avec toi pour ton argent.

Damon laissa retomber son menu sur la table et fit signe à la serveuse.

— Alors, pourquoi es-tu avec lui ? Parce que je suis bien plus beau, et que je ne suis pas un pervers au lit.

Jim réexamina son indulgence antérieure. Son ami serait charmant sur une broche.

— Où veux-tu que j'envoie tes restes ?

Lillie rit et enroula ses doigts autour du biceps de Jim quand elle répondit à Damon.

— Je vais devoir te croire sur parole.

En dépit de sa timidité au départ, Lillie se détendit au cours du repas. La conversation se déroula facilement à mesure que Damon la taquinait, mais sans plus tenter de la séduire.

Ils évoquèrent leurs différents choix de menus. Ils parlèrent ensuite des différents jeux disponibles à Vegas et rirent quand Lillie énuméra les probabilités de gains de chacun d'entre eux. Bon sang, ils avaient même discuté météo de manière divertissante !

Mais tout au long du repas, Jim eut du mal à penser à autre chose qu'à ce qui allait se passer ensuite. Ce n'était pas parce que cela faisait longtemps qu'il n'avait pas été avec une femme, mais tout en Lillie l'attirait.

Et le torturait.

Elle porta un morceau de steak à sa bouche, sortant la langue pour le goûter avant de le poser sur sa langue. Le sexe de Jim se pressait contre sa fermeture éclair, et il ajusta sa position pour avoir un peu plus de place.

Elle prit son petit pain et en cassa un morceau, l'enduisant de beurre avant d'engloutir le tout d'un seul coup. Les bruits qui s'ensuivirent donnaient l'impression qu'elle était à deux doigts de jouir là, dans le restaurant.

Jim détourna les yeux de ses lèvres et aperçut Simon en

face d'eux. La mâchoire du loup était légèrement ouverte, son visage était rouge, et il était presque en train de haleter.

Sous la table, Jim lui donna un coup de pied. Fort.

Damon recula brusquement les jambes.

— Oh, ne me dis pas que tu ne penserais pas à la même chose si tu étais dans mes pompes !

— Tes pompes feraient mieux de se mettre à marcher.

Jim inclina la tête vers la sortie. Ils avaient passé assez de temps ensemble, et ses plans pour le reste de la soirée ne prévoyaient pas d'activités de groupe.

Le regard de Lillie oscilla de l'un à l'autre, avec une expression des plus mignonnes alors qu'elle s'interrogeait sur leur discussion.

— Tu ne veux pas de dessert ?

Un éclair de malice traversa le visage de son meilleur ami.

— Tu n'as pas idée à quel point j'aimerais prendre un dessert, mais on me met au régime. Amusez-vous bien, les enfants, lança Damon en saluant Jim à deux doigts. On se retrouve demain. J'ai quelque chose pour toi.

— Ça marche.

Il aurait fait n'importe quoi pour éloigner cet enfoiré de la table aussi vite que possible. Il attendit que le dos de Damon disparaisse par les portes grandes ouvertes avant de demander l'addition.

— Et tu ne veux pas de dessert non plus. C'est inattendu. Euh...

Lillie se léchait les doigts, et le désir douloureux dans les tripes de Jim passa de « je te veux tout de suite » à « prêt à exploser ».

L'un après l'autre, ses doigts minces glissèrent entre ses lèvres. Elle faisait tournoyer sa langue autour d'eux. Elle referma la bouche et tira le dernier avec un petit « pop ».

Il l'accompagna hors du restaurant et entrer dans un ascenseur avant qu'elle ne puisse prendre des bonbons à la menthe. Les portes se refermèrent et il se servit de sa clé d'accès, résistant difficilement à la tentation. Il n'allait pas la soulever et la pousser contre un mur, la clouer sur place avec son corps pendant qu'il ravissait ses lèvres.

Lillie fixa le coin du petit habitacle.

— Ils ont des caméras ici, n'est-ce pas ?

— Ouaip.

— Mmmh, dit-elle avant de se tourner face à lui, se blottissant sous sa veste et frottant son nez contre lui affectueusement. Merci pour le dîner. Et ton ami Damon est drôle.

— Je veillerai à le lui dire. Souvent. Parce que c'est exactement ce dont son ego a besoin. Se rappeler qu'une belle femme le trouvait drôle.

Elle inclina la tête en arrière assez loin pour qu'il voie l'un de ses yeux vert noisette, le reste de son visage restant enfoui contre son torse, comme si elle en faisait son cocon.

— Vraiment ?

— Eh bien, je ne vais certainement pas lui dire que tu le trouves sexy. Drôle, ça, je peux le faire. C'est presque comme se faire qualifier de bon ami ou de type bien, deux choses qui font très, très mal quand elles sortent des lèvres d'une femme.

Les portes de l'ascenseur s'ouvrirent sur sa suite, et Jim lui fit signe d'avancer. Il y avait tant de choses auxquelles il devait réfléchir. Dans quelle pièce devait-il la prendre en premier ? Et sur le lit ? Le sol ? Le canapé ?

Mais d'abord, il devait s'assurer que son petit ours timide était à l'aise. Il allait devoir continuer à la cajoler jusqu'à ce que tout soit parfait.

4

———

*L*illie arpenta le salon, admirant l'appartement magnifiquement décoré.

Jim s'arrêta devant un placard bas.

— Tu n'as qu'à visiter, lui proposa-t-il. Je vais nous préparer des boissons.

Son cœur battait la chamade comme si elle était une vierge sur le point d'être sacrifiée sur un autel sexuel. Elle se dirigea vers les fenêtres, faisant glisser ses doigts sur le dossier du canapé en cuir gris, dont la surface était douce et fraîche.

Dehors, la ville s'étendait en cercle, la ligne scintillante du Strip illuminée et s'étirant au loin. Les taxis et les voitures avec leurs phares blancs et leurs feux arrière rouges formaient des motifs intéressants en se déplaçant de manière synchronisée.

En dessous d'eux, le lac artificiel était éclairé de tous côtés par des projecteurs brillants. La suite de Jim se situait à l'endroit exact où, lorsqu'un jet d'eau se dirigeait vers le ciel, il était parfaitement visible. Elle se rapprocha de la vitre, observant attentivement.

— J'ai vu ça en ligne, murmura Lillie. On voit la fontaine. Dommage qu'on ne puisse pas entendre la musique.

— Qui dit qu'on ne peut pas ?

Les lèvres de Jim se posèrent sur le côté de son cou. Il glissa ses doigts entre les siens, et l'emmena avec lui sur le balcon. Des plantes de toutes sortes couvraient les plates-formes basses en béton sur le mur extérieur de la suite. Des chutes d'eau ruisselantes se trouvaient au milieu de la verdure, le tout formant un paradis luxuriant au milieu du désert.

Jim appuya sur un petit bouton. Les premières notes de *Con Te Partiro* s'élevèrent des haut-parleurs installés au-dessus d'eux. Lillie s'installa sur la causeuse matelassée vers laquelle Jim la guida, les yeux rivés sur le spectacle parfaitement exposé en dessous.

On peut aussi allumer la télé pour entendre la musique, expliqua Jim, mais comme je préfère regarder le véritable spectacle à l'extérieur, j'ai fait installer mon propre système. Il y a un émetteur radio caché dans l'un des haut-parleurs principaux au niveau du sol qui transmet jusqu'à ma suite.

Il piratait le signal. Lillie détourna le regard du spectacle pour examiner Jim de plus près.

— Ça me paraît technique.

Jim haussa les épaules.

— Le type que j'ai engagé a dit que c'était assez facile.

Aaah. Donc Jim n'était pas lui-même le hackeur. Son type avait raison, quand on savait ce qu'on faisait, c'était simple.

Lillie reporta son regard vers le spectacle, gardant son commentaire pour elle.

La température chutait, mais avant qu'il ne fasse assez froid pour éprouver un frisson, Jim la prit dans ses bras, serrant son corps contre lui tandis qu'ils s'allongeaient sur les coussins rembourrés et profitaient du spectacle.

Son ourse était plus que réveillée. Avec tout ce remue-ménage, la pauvre créature n'était plus dans son état d'esprit typique de février. Alors qu'ils étaient assis tranquillement, ce côté d'elle tâta le terrain, se demandant si le grizzly de Jim avait l'intention de faire quelque chose d'horrible comme la manger.

Lillie tint sa langue. En tant qu'humaine, elle était timide, elle le comprenait bien. Mais son ourse poussait à l'extrême son statut de bête délicate. Pourtant, elles étaient intimement liées, et il n'y avait pas à discuter ce point-là.

Jim devait convaincre les deux côtés de Lillie qu'il était un pari sûr.

Il faisait un excellent travail jusqu'à présent. Il avait posé son bras le long du dossier de la causeuse, les épaules de la jeune femme reposant contre son biceps. Il étendit sa main sur son bras et la tint légèrement, dessinant des cercles avec son pouce. Un léger mouvement de va-et-vient, comme s'il n'avait même pas conscience de le faire.

Elle avait la bouche sèche, tandis qu'un tas d'autres endroits étaient devenus humides à cause de ce contact.

Elle replia ses jambes, son genou gauche remontant légèrement au-dessus de la jambe droite de Jim. Cela lui paraissait naturel d'appuyer sa tête sur son torse alors que la musique continuait à leur jouer la sérénade. Son menton frôlait le sommet de sa tête, et il le frottait d'avant en arrière, mimant le mouvement hypnotique sur son bras.

C'était comme jouer au Docteur Maboul, sauf qu'il n'avait aucune intention d'éviter de toucher les buzzers. Chaque pression envoyait une impulsion électrique dans toutes les directions, jusqu'à ce qu'elles se rejoignent en un amas gigantesque juste sur son clitoris.

Son ourse n'avait plus peur. Au lieu de cela, sa créature reniflait, curieuse de savoir pourquoi elles ne se jetaient pas sur cet homme fascinant et incroyablement séduisant.

Bzzzzz.

Surprise, elle se redressa brusquement, bien trop lente à comprendre ce qui se passait. Elle sortit son téléphone et regarda le message.

C'est le moment de vérifier que tu respires toujours. S'il te plaît, réponds si tu le peux.

Un ricanement lui échappa, tandis qu'elle se tournait vers Jim.

— Désolée, il faut que je réponde.

Il lui fit signe de le faire.

L'inquiétude d'Addie était mignonne, mais son timing était nul. *Et si je ne répondais pas ?*

Je serais là si vite que tu en aurais le tournis.

Et si j'étais OCCUPÉE ?

Addie ajouta trois points avant d'envoyer son prochain message. *Et est-ce que tu risques d'être OCCUPÉE bientôt ?*

Lillie tenta le tout pour le tout. *Oui. J'ai une aventure.*

Oh, ma chérie...

Ce n'était pas bon. Ce n'était pas bon quand sa meilleure amie commençait par « Oh, ma chérie ».

Tu as le cœur bien trop tendre pour aller faire des bêtises à tort et à travers. C'est un potentiel désastre.

Elle rassembla son courage. *C'est ma dernière chance. Il le faut. J'en ai envie.*

D'accord. Mais appelle-moi si tu as besoin de moi.

Elle range son téléphone, moins inquiète qu'elle ne l'aurait été en temps normal après un avertissement d'Addie.

À côté d'elle, Jim ajusta sa position, et la chaleur dans ses yeux était idéale pour faire fondre ses derniers doutes.

— Tu es prête à rentrer ? lui demanda-t-il.

Il se leva et l'aida à faire de même. Glissant une main dans son dos, il la guida dans son appartement et l'océan de murs bleu pâle avec ses accents méditerranéens.

— C'est tellement beau ici.

— J'aime bien.

Jim la détourna de l'examen d'une conque qu'elle avait trouvée sur la table de la salle à manger.

— Lillie. Je vais t'embrasser maintenant.

Le fait qu'il ait songé à la prévenir rendait l'attente encore plus insupportable. Ils étaient au milieu de la pièce, et il leva les mains pour les poser sur son visage. Lentement, il se pencha vers elle, lui inclinant la tête de sorte que lorsque leurs bouches se touchèrent, elles étaient parfaitement alignées.

Au début, son contact resta léger et doux, comme s'il prenait soin de ne pas effrayer son autre côté. Elle lui rendit son baiser, caressant sa bouche avec sa langue pendant une seconde de plaisir douloureux.

Il attendit, la laissant explorer avant de prendre le relais, la mordillant et la goûtant comme si elle était précieuse et fragile. Les choses se réchauffèrent rapidement, et il l'embrassa avec beaucoup plus d'avidité. La bouche de Jim glissa sur la sienne dans un assaut sensuel auquel elle ne pouvait échapper, et elle n'en avait pas envie non plus.

Lorsqu'il mordilla sa lèvre inférieure, elle haleta, soupirant de satisfaction lorsqu'il apaisa la piqûre avec sa langue. Ils étaient assez proches pour qu'elle sente chaque centimètre de son corps musclé.

Il glissa une main dans ses cheveux, l'autre descendit pour se poser sur le haut de la courbe de ses fesses, la maîtrisant et la maintenant en place. Il lui était impossible de ne pas bouger en réaction, ondulant lentement, son sexe dur contre elle.

Jim prit son temps pour l'embrasser, et c'était adorable, mais pas suffisant.

Puis sa cible changea. Ses lèvres continuaient à mordiller et à la posséder, dérivant le long de sa mâchoire jusqu'au lobe de son oreille. Il la rendait folle, déclenchant des sensations de picotement sur sa peau. Il posa ses doigts sur les boutons de son chemisier, où il s'attaqua rapidement aux disques minuscules au vu de la taille de ses mains.

Elle s'agrippa à ses biceps ; le tissu de son costume était doux sous ses mains, mais ce n'était pas ce qu'elle voulait caresser. Alors même que lui ouvrait son chemisier, Lillie déboutonnait sa veste et la dégageait de ses épaules.

Jim haussa un sourcil.

— Il me semble avoir perdu un vêtement. Mettons tout le monde sur un pied d'égalité.

Il baissa les yeux sur la peau exposée par le devant ouvert de son chemisier. Elle se débarrassa du tissu doux, attrapant le chemisier avant qu'il ne tombe sur le sol et le jetant sur sa veste.

Elle frissonna sous l'intensité de son regard alors qu'il contemplait sa peau nue de la taille à la racine des cheveux, dont seules les petites parties couvertes par son soutien-gorge en dentelle lui étaient encore cachées.

— Garde ça, lui intima-t-il.

Des ordres, maintenant ? Oh, que oui ! Cette soirée allait être délicieuse. Et soudain, Lillie sut exactement comment elle voulait la démarrer.

Elle avait passé en revue la liste des fantasmes qu'elle avait orchestrés dans sa tête au fil des ans, les faisant défiler et cherchant ceux qu'elle préférait par-dessus tout.

Le problème, c'était que la plupart d'entre eux

impliquaient des hommes mystérieux avec des visages vides. Ils s'étaient révélés merveilleux dans le sens où ils disaient les bonnes choses et faisaient ce qu'il fallait, mais ils n'étaient pas réels.

Face à un grizzly très concret et très costaud qui la fixait comme si elle était délicieuse, aucun des fantasmes ne faisait le poids contre ce qu'elle voulait qu'il se passe.

Ce qui était très bien, parce qu'elle avait dit qu'il pouvait prendre les choses en main. Un autre frisson adorable la chatouilla de haut en bas. L'exploration du domaine sexuel était toujours amusante.

Mais jusqu'à ce qu'il prenne le relais, elle allait jouer.

Elle attrapa sa ceinture à deux mains. Puis elle tira sur le cuir et fit glisser la boucle en métal. La grande longueur se détacha avec un son semblable à une douce expiration, ou bien c'était peut-être elle. Avec précaution, elle défit son bouton et abaissa sa fermeture éclair au-dessus du renflement tendu.

Encore une fois, elle n'arrivait pas à décider où regarder. Basculer sa tête en arrière signifiait profiter de toutes les émotions qui vacillaient sur son visage. Le désir, la chaleur, la frustration croissante alors qu'elle travaillait infiniment lentement pour libérer son sexe.

Et ça... c'était l'autre direction fascinante à contempler. Quand elle le libéra de son pantalon, son érection l'accueillit. Il était en commando, nu en dessous. Lillie déglutit avec force, passant ses paumes sur la longueur. Une peau douce et une chaleur croissante caressaient ses doigts, un soupçon d'humidité apparut au bout qu'elle captura avec son pouce.

— Tu devrais voir comme tes yeux sont grands. Comme si tu venais de recevoir le meilleur cadeau au monde.

Les doigts de Jim étaient enfouis dans ses cheveux, la tenant délicatement.

— Tu n'as pas à faire ça.

— Je suis presque sûre que si, répondit Lillie en se hissant sur la pointe des pieds pour déposer un baiser sur sa mâchoire rugueuse. Le dernier tour de piste, et tout ça. Ça, c'est sans nul doute sur ma liste de choses à faire.

Il y avait tellement de choses dont elle avait envie, mais avec cette longueur épaisse entre les mains, les hanches de Jim qui roulaient lentement contre elle sur un rythme doux, elle pouvait mettre le reste de côté.

Elle se mit à genoux, le tapis était chaud sous elle.

Ce n'était pas assez bien pour lui.

— Si j'étais un homme meilleur je t'arrêterais complètement, mais comme c'est loin d'être le cas...

Il la prit dans ses bras. Lillie cria et éclata de rire tandis qu'il la portait. Son pantalon ouvert glissa de ses hanches alors qu'il l'amenait sur le canapé. Ils s'effondrèrent dans un enchevêtrement de membres jusqu'à ce qu'il l'installe sur le sol entre ses jambes, un coussin moelleux sous ses genoux.

Sa verge émergeait d'une touffe de poils foncés. Et se tendit vers le haut quand il appuya ses épaules contre le canapé en cuir.

— Maintenant, tu peux y aller. Amuse-toi bien.

Il plaisantait, mais elle avait honnêtement hâte de s'amuser. Elle le caressa des deux mains, augmentant sa pression jusqu'à ce qu'il gémisse, les yeux fixés sur elle, les mains agrippées au cuir comme s'il avait peur de se laisser aller.

— Je veux te goûter, chuchota Lillie.

— Le dessert est servi.

Lillie prit appui sur le canapé en tenant son sexe à la

verticale. Elle lécha un côté, fit tournoyer sa langue autour de la tête deux fois, puis descendit de l'autre côté.

Jim ronronna joyeusement.

Elle recommença, sauf que cette fois, lorsqu'elle fit tournoyer sa langue, elle marqua une pause, enroulant ses lèvres autour de la pointe sensible et qui palpitait.

Jim ronronna encore, plus fort.

Les taquineries étaient amusantes, mais il était temps de passer à autre chose. Lillie posa sa bouche sur lui et descendit, le rendant suffisamment humide pour qu'elle puisse passer sa main sur la base et en sucer la tête sensible.

Le ronronnement de Jim perdit de sa régularité, se transformant en un bruit rauque et saccadé.

Un goût salé tourbillonna dans sa bouche, et elle avala, accroissant la succion à mesure qu'elle se retirait, et augmentant la pression avec sa main. Il avait épaissi entre ses doigts, étirant plus largement sa bouche alors qu'elle faisait de son mieux pour le satisfaire.

Elle leva les yeux. Sa bouche était pleine, sa main bougeait rapidement, et les yeux de Jim avaient roulé en arrière dans leurs orbites. Son ronronnement se changea en un véritable gémissement alors qu'il lui attrapait la tête, les hanches tremblantes. Le goût salé de sa semence emplit sa bouche quand il perdit le contrôle.

Lillie le suça, le caressa, et joua avec lui jusqu'à ce que Jim l'arrête et la maintienne en position tandis que son orgasme s'estompait.

Elle s'écarta de son sexe avec un sourire satisfait.

— J'aime les desserts qu'ils servent par ici.

Elle eut l'impression d'être emportée par un tourbillon. Un instant, elle était à genoux, le suivant elle se retrouva assise sur le canapé, son pantalon, ses sous-vêtements et ses chaussettes lui ayant été arrachés.

Il affichait une superbe arrogance.

— Tu es une source de problèmes, n'est-ce pas ?

— Moi, un problème ?

Elle leva les bras au-dessus de sa tête pour attraper le haut du dossier. La position fit remonter ses seins, toujours couverts de dentelle blanche transparente.

Il la fixait comme si elle était un tableau inestimable.

— Absolument aucun problème.

Il se baissa et déposa un baiser sur sa gorge, à l'endroit où son pouls battait le tango.

Le baiser suivant se posa sur sa clavicule. Le suivant, à l'endroit où son soutien-gorge et sa peau se rencontraient, le haut de sa poitrine chatouillé par les poils de son menton.

Quand il posa les lèvres sur son mamelon, elle faillit se dresser du canapé. Il ouvrit la bouche et aspira à la fois le tissu et le bout sensible. Avec sa langue, il alterna entre caresses et succion jusqu'à ce qu'elle lui agrippe la tête, prête à tout pour le repousser et retirer la barrière qui les séparait.

Essayer de le bouger, c'était comme essayer de déplacer un mur de briques.

Le rire grave de Jim se changea en un flux régulier d'air frais quand il souffla sur le bout humide, qui se dressa davantage.

— Tu n'essaierais pas de prendre le contrôle, n'est-ce pas ? Parce que tu as utilisé toutes tes cartes de sortie de prison.

D'une manière ou d'une d'autre, elle trouva le courage de parler franchement.

— Je veux ta bouche sur ma peau.

Il sourit.

— Tu l'as dit si joliment, comment pourrais-je refuser ?

Jim recula suffisamment d'entre ses jambes pour laisser

de la place entre eux. Il saisit le bonnet de son soutien-gorge, repliant le tissu en deux pour exposer son mamelon et la partie supérieure. Il répéta le mouvement de l'autre côté, la laissant exposée et dressée vers sa bouche avide.

Lillie ferma les yeux et le laissa jouer. Chaque toucher ajoutait à la pression qui s'accumulait entre ses jambes, le plaisir se déployant autour d'elle avec une douleur familière.

Lorsqu'il délaissa ses seins pour déposer un baiser sur un point situé à côté de son nombril, Lillie rabattit ses mains, se mordant les doigts pour étouffer son cri de frustration. Elle ne voulait pas qu'il arrête ce qu'il faisait, mais elle avait besoin de quelque chose de plus, et vite.

Il ajusta sa position, faisant glisser ses mains de ses hanches à ses genoux.

— À quel point es-tu souple, ma belle ?

Lillie bégaya pendant un moment.

— Plutôt pas mal... Je ne suis pas sûre. *Oh...*

Jim avait écarté davantage ses genoux avant de les soulever de sorte que ses hanches soient en équilibre sur le bord du canapé, le sexe totalement exposé.

— Mets tes mains sur tes genoux et tiens tes jambes en arrière.

Il n'était pas question de discuter avec un tel ton de voix, et Lillie décida qu'elle devait être légèrement folle pour avoir envie de débattre au départ. Elle se cramponna à ses genoux et resta parfaitement immobile tandis qu'il faisait glisser ses pouces le long de ses cuisses jusqu'à la toucher intimement.

D'avant en arrière dans un petit mouvement, Jim passait encore et encore ses pouces dans ses replis intimes, ramenant l'humidité de son corps à chaque passage pour titiller son clitoris sensible.

Au moment où il posa sa bouche sur elle, elle était prête à craquer. Le premier contact de sa langue avec son clitoris la fit haleter. Le deuxième fut comme appuyer sur une gâchette, et ses hanches se soulevèrent, la tension éclatant comme de la glace lors d'une journée d'hiver ensoleillée.

Mais il ne s'arrêta pas. C'était comme si l'avoir fait jouir si rapidement était un défi, il continua. Avec sa langue, ses dents. Il leva les yeux, arborant un sourire satisfait, le sourire mouillé par son plaisir.

Jim tendit sa main vers ses lèvres.

— Ouvre la bouche.

Elle obtempéra instantanément et il appuya deux doigts sur sa lèvre inférieure et le long de sa langue, effectuant deux mouvements de va-et-vient avant de les écarter pour que l'humidité recouvre chaque centimètre.

Il grogna en la regardant, et elle resserra ses lèvres, suçant et jouant avec sa langue contre les doigts épais. Lorsqu'il les retira, la chaleur dans ses yeux brun foncé flamboya.

Puis il prit ses doigts humides et les enfonça dans son intimité. Un, puis deux, qui glissèrent aisément. Un gémissement de plaisir lui échappa et le fit sourire ; ils ne se quittaient pas des yeux.

Il commença par de lents va-et-vient, puis il augmenta la vitesse, en recourbant ses doigts contre l'avant de son corps.

— Tu vas jouir à nouveau avant que je te prenne. Au moins une fois de plus.

Oh, bon sang.

— Il se pourrait qu'on en ait pour un bon moment.

Elle aimait le sexe et tout, mais un orgasme par nuit était suffisant.

Il fit tourner ses doigts et remit sa langue talentueuse au

travail. Soudain, elle n'était plus aussi sûre à propos de la limite d'un orgasme par nuit. Pas avec un tel dévouement à la tâche. Une attention sans relâche, encore et encore. Lorsqu'il en eut fini avec elle, elle n'était plus qu'une flaque bienheureuse, étendue sur le matelas king-size de sa chambre.

Lorsque son corps cessa enfin de trembler, elle se redressa sur les coudes et regarda autour d'elle avec étonnement.

— Quand est-ce que nous avons bougé ?

Jim rampa sur elle, la coinçant contre le matelas.

— Je crois que c'était au moment où tu m'as qualifié de dieu du sexe.

Elle ne se souvenait pas des détails, mais tout était possible...

Il s'abaissa, l'enveloppant d'une couverture de chaleur. Le duvet de son torse frottait ses mamelons sensibles et elle se demanda momentanément s'il était possible de mourir d'un excès de plaisir.

Jim les fit rouler, se mettant sur le dos et l'installant sur lui.

— Cette position fonctionnera mieux.

Lillie remonta ses genoux de sorte que son sexe soit pressé sur son impressionnante érection.

— Je ne discute pas, mais je ne crois pas qu'il me reste assez de force pour te chevaucher.

Il se redressa aisément en position assise, ses abdominaux gonflant sous les doigts de Lillie.

— Ne t'inquiète pas. J'ai la situation sous contrôle.

Il la saisit sous les hanches et la souleva comme si elle ne pesait rien. Il joignit leurs bouches en l'embrassant, aspirant tout l'air de la pièce alors qu'il repoussait ses limites. Son membre se glissa entre ses replis, avec sa tête large et humide.

Il la fit descendre suffisamment pour qu'ils se touchent, et un gémissement s'échappa des lèvres de la jeune femme.

— C'est si bon !

Il la souleva, puis l'abaissa plus bas la fois suivante. Il recommença encore et encore jusqu'à ce qu'elle le prenne entièrement en elle. Elle était à deux doigts d'éclater.

Lillie passa les bras autour de son cou et éloigna la tête pour pouvoir haleter.

— J'ai la tête qui tourne. Et je suis tellement comblée. Oh, bon sang, je suis tellement, tellement comblée.

— Comblée par ma queue, lança Jim avec un sourire ravi qui illumina son visage. Il va falloir que tu travailles sur ta conversation cochonne. Tu aimes avoir ma queue en toi ?

— C'est tellement bon, dit-elle avant d'onduler une ou deux fois avant qu'il ne la retienne.

Sa lèvre inférieure était attirante, et il la mordilla.

— Nous ne faisons que commencer.

Une de ses mains la quitta. Il fit descendre ses doigts jusqu'à ce que son pouce diabolique soit de nouveau sur son clitoris. Elle était fermement tenue, incapable de faire quoi que ce soit d'autre que de recevoir le plaisir alors qu'il faisait des cercles, de plus en plus fort.

— Contracte-toi autour de moi. Serre-moi jusqu'à jouir sur ma queue.

Une bouffée de chaleur l'envahit et frappa simultanément ses joues, sa poitrine, son clitoris. Les bruits qui s'échappaient de ses lèvres étaient carrément gênants, mais elle ne pouvait plus les retenir. Comme il le lui avait ordonné, elle se contracta autour de lui, et avec la pression grandissante qu'il exerçait sur son clitoris, elle n'avait aucun moyen de s'échapper.

Elle planta ses ongles dans ses épaules alors que sa tête basculait en arrière. Un long cri de plaisir explosa tandis qu'il lui arrachait un nouvel orgasme.

Il considéra que c'était l'ordre de bouger, et il souleva les hanches de la jeune femme avant de la faire descendre brutalement. Elle était tellement sensible que ses coups de boutoir ne firent que prolonger son orgasme, les répliques la secouant plus fort que l'éruption initiale. Il la fit à nouveau descendre. Il poussa un faible grognement dont le volume augmenta alors qu'il perdait son rythme et qu'il jouissait, l'emplissant de sa semence, et enfonçant ses doigts dans ses fesses.

Elle ne s'évanouit pas, ne perdit pas la notion du temps. Ils restèrent simplement là, imbriqués l'un dans l'autre, son sexe profondément enfoncé en elle, la tête de Lillie reposant sur sa poitrine et ses cheveux retombant sur le corps nu de Jim.

Sa respiration était encore irrégulière lorsqu'elle crut pouvoir bouger, ce qui correspondait au moment où il la souleva et entra dans la salle de bains. L'eau chaude les aspergea tandis qu'il la tenait dans ses bras.

Leurs ébats avaient été assez spectaculaires, et Lillie n'en éprouvait absolument aucun regret.

— Tu restes pour la nuit, l'informa Jim.

— Je n'avais l'intention d'aller nulle part, avoua-t-elle. Mais je dois te prévenir que j'ai le sommeil agité.

Il écarta les cheveux de son visage et l'embrassa sur le front. Ses mots se mêlèrent au rire bas qui grondait dans sa poitrine.

— Qu'est-ce qui te fait croire que je prévois que nous dormions ?

5

———

*J*im se réveilla avec des sueurs froides, le cœur tambourinant dans sa poitrine, en train d'empoigner les draps. Il baissa les yeux et constata qu'il avait non seulement déchiré la couette et l'un des oreillers, mais que de profondes entailles étaient visibles sur toute la surface du matelas.

Il tourna brusquement la tête vers la gauche, craignant que, dans son état lamentable, il ait pu blesser Lillie. Habituellement, la présence d'un corps chaud et doux dans le lit avec lui était suffisante pour éloigner les cauchemars.

Mais il n'y avait qu'un oreiller froid et des draps en pagaille.

Il posa les pieds au sol et s'assit un moment en tâchant de ralentir le rythme de sa respiration. Il posa la tête dans ses mains, luttant pour reprendre le contrôle.

Il était heureux qu'elle n'ait pas été témoin de son attaque, mais bon sang, où était-elle ?

Le sol était froid sous ses pieds nus quand il se dirigea vers le salon. Les rideaux de la fenêtre claquaient au vent, et

55

il se rapprocha pour voir si elle était sortie sur le balcon pour une raison inconnue, mais il n'y avait personne.

Les souvenirs obsédants qui l'avaient réveillé cédèrent la place à la frustration et à la confusion, rapidement suivies par le mécontentement.

Elle avait complètement disparu. Merde, alors !

De toute façon, elle aurait dû partir avant vendredi, lui rappela son ambition.

Ferme-la. On est seulement mardi, et je m'amusais.

Jim repartit vers la chambre où il enfila une tenue, ignorant tout dans sa hâte de descendre au casino. Ce serait comme chercher une aiguille dans une botte de foin, et il n'avait même pas son foutu téléphone. Il fut tenté d'ignorer les règles de Damon et de demander à quelqu'un de lui en déposer immédiatement un nouveau.

Cependant, le meilleur endroit pour commencer ses recherches, c'était dans la section métamorphe du complexe. Dans le pire des cas, si elle n'était pas là, et qu'il ne trouvait pas Damon, il engagerait des loups pour la retrouver.

Aussi agité qu'il fût, Jim ne put s'empêcher d'observer son environnement avec un sentiment de satisfaction. Les paillettes et le glamour de Vegas étaient peut-être passés de mode, mais il ne s'en lassait pas. Le fait d'être privilégié avait aussi rendu l'expérience encore plus excitante. Grâce à la réputation de sa famille et à son argent, Jim en avait découvert tous les tenants et aboutissants dès son plus jeune âge, y compris les endroits secrets à fréquenter.

Surtout les parties de Vegas qui répondaient aux besoins de la population des métamorphes.

Même à cette heure matinale, leur salon était rempli d'autres personnes de son espèce. Des personnes possédant à la fois un côté animal et un côté humain, qui appréciaient de vivre une partie du temps à l'état de bête. L'existence des métamorphes demeurait le plus souvent cachée au monde des humains, une tâche qui nécessitait une bonne dose de secret, de chance et d'astuce.

Heureusement, la plupart du temps, lorsque des incidents se produisaient, c'était lorsqu'un excès de boisson de la part des humains excités pouvait expliquer leurs allégations selon lesquelles ils avaient vu des meutes de loups errer dans les couloirs.

C'était quand même bien d'avoir des endroits précis où ils pouvaient se retirer et se défouler.

Il se dirigeait vers le bar pour demander à l'homme qui s'y trouvait s'il avait vu quelqu'un lorsque l'un des majordomes qu'il connaissait s'avança, inclinant poliment la tête.

— Monsieur Halcyon. J'ai un message pour vous.

Il glissa un pourboire avant de saisir l'enveloppe de la main de l'homme, se détournant pour la déchirer.

Si tu te demandes où est passée Boucles d'Or, je l'ai trouvée. Je me suis dit que tu aimerais que je garde un œil sur elle. ~D

Jim retourna la carte de visite sur laquelle la note était écrite afin de regarder de plus près le nom du magasin. C'était un modeste magasin de vêtements dans le centre commercial du casino voisin. Elle n'avait pas de sac avec elle la nuit dernière : et soudain toutes sortes de questions lui vinrent à l'esprit.

Il se sentait comme une merde de ne pas y avoir pensé plus tôt. Pour ne pas lui avoir posé plus de questions sur elle. Elle devait avoir une chambre quelque part dans l'hôtel.

Il lui fallut un certain temps pour atteindre le centre commercial, mais il trouva le chemin sans encombre jusqu'au magasin, se tenant dans l'embrasure de la porte tout en regardant les rayons de vêtements. Des habits confortables, jean et sweat. Il repéra une chemise qui irait parfaitement avec ses cheveux, la caressant pour s'assurer que le tissu était assez doux pour sa peau.

— Ce n'est pas ta couleur, se moqua Damon en se plaçant à côté de lui.

— Où est-elle ? demanda Jim.

— Je crois que c'est la première fois qu'une femme te fait le coup du « coup d'un soir ». En général, tu ne dois pas les faire sortir du lit en leur offrant des babioles ?

Jim était prêt à éplucher son ami comme une banane jusqu'à ce qu'il parle. Il tourna la tête sur le côté et remarqua finalement que Damon montrait du doigt une cabine d'essayage.

— Comment va-t-elle ?

— Je l'ai trouvée cachée dans une composition florale. Elle fixait son chèque comme s'il allait la mordre, expliqua Damon en croisant les bras, ses traits reflétant son inquiétude. Elle cache quelque chose. Je n'ai pas pu la convaincre de prendre le petit-déjeuner avec moi, bien qu'elle ait accepté de me laisser la rejoindre pour faire du shopping.

— Être timide n'est pas un crime.

Damon haussa les épaules.

— Je fais juste une remarque. La nuit dernière, au dîner, est-ce qu'elle a dit quelque chose sur elle-même ? Rien, en réalité. Je ne sais pas si vous avez échangé des récits personnels avant, pendant ou après le sexe, mais cette femme est étrangement muette. Durant tout le temps que j'ai passé avec elle, tout ce que j'ai appris, c'est qu'elle est fille unique, qu'elle n'est jamais venue à Vegas auparavant et qu'elle voulait dépenser de l'argent.

— Tout le monde ne ressent pas le besoin de raconter sa vie à la moindre occasion.

Le commentaire de son ami poussa Jim à y réfléchir davantage. Non, il ne savait pas grand-chose d'elle, mais est-ce qu'il avait besoin d'y changer quelque chose si elle n'était qu'une diversion temporaire ?

— Elle a effectivement pas mal d'argent à dépenser.

— Elle n'aime pas avoir beaucoup de monde autour d'elle, remarqua Damon tranquillement. J'ai mis du temps avant de la faire sortir de son camouflage, et à deux reprises pendant le trajet jusqu'ici, j'ai cru qu'elle allait s'enfuir.

— Je croyais que tu m'avais dit d'aller trouver quelqu'un avec qui prendre des vacances,

— Effectivement. Je suis d'avis que tu dois t'amuser, mais rester vigilant.

L'expression inquiète de son ami se changea en un rictus.

— Je suis volontaire pour t'aider à garder un œil sur elle.

Damon semblait avoir des tendances suicidaires parfois. Jim le dépassa en lui donnant un coup d'épaule, sans prendre la peine de s'écarter, et le contact entre leurs poitrines envoya l'autre homme s'étaler sur le sol, son sourire bon enfant toujours bien en place.

Il y avait un mystère, mais Jim avait deux problèmes plus pressants. D'abord, il avait besoin de la voir pour être sûr qu'elle allait bien, et ensuite, il devait continuer à se convaincre qu'elle n'était qu'une distraction à court terme.

La porte de la cabine d'essayage s'entrouvrit, et son impatience augmenta lorsqu'elle sortit.

Il voulait la voir habillée de soie, avec un tissu qui épouserait ces courbes merveilleuses qu'il avait tant appréciées la nuit dernière. Quelque chose d'un vert émeraude profond, avec un décolleté plongeant porté avec des talons en forme de poignard. Il ne savait pas s'il voulait la couvrir de diamants ou trouver un minéral plus moderne pour orner son cou. Du titane anodisé, ou même quelque chose en cuivre.

Dame Chance apparut dans son esprit, remplacée par la carte postale parfaite d'une Lillie au sourire timide.

Elle fit tourner une mèche de cheveux dans ses doigts en clignant innocemment des yeux. Un jean stone épousait amoureusement ses fesses, et une touche de broderie décorative courait le long d'une jambe. Elle portait un t-shirt à manches longues, de cette même couleur verte qu'il avait imaginée pour sa robe. Le col en V était suffisamment décolleté pour que les renflements supérieurs et doux de son buste l'aguichent. Elle tenait dans la main gauche une robuste veste en cuir, dont la majeure partie était drapée sur son épaule.

— Salut.

Son sourire s'illumina.

Jim combattit l'envie de lui montrer son exaspération. Elle s'était glissée hors du lit et l'avait abandonné, et ce n'était pas bien. À la place, il décida de se contrôler.

— J'aime ta tenue.

Elle tourna sur elle-même, ramenant la veste autour d'elle pour l'agripper des deux mains.

— Damon a dit que j'avais besoin d'un jean et d'une veste. J'ai déjà d'autres choses, expliqua-t-elle avec un geste vers la caisse. Mais ça, c'est bien aussi.

Jim regarda son ami d'un air accusateur.

— Damon a dit que tu avais besoin de cette tenue, n'est-ce pas ?

Son ami leva les mains en signe de protestation.

— Ne va pas te faire de fausses idées. Fais-moi confiance sur ce coup-là, mon frère.

C'était beaucoup demander. Il réduisit l'écart entre Lillie et lui pour déposer un baiser sur ses lèvres.

— Bonjour.

Elle rougit.

— Je…

Il lui prit la veste des mains et la lui tendit. Lillie se tourna doucement, glissant ses bras dans les manches et s'immobilisant lorsqu'il fit glisser le tissu sur ses épaules et laissa ses mains s'y poser.

Ils faisaient face à un énorme miroir doré, et il se pencha par-dessus son épaule pour mettre la veste en position afin qu'elle encadre ses seins parfaits.

Il ronronna son appréciation.

— Ça te va bien.

Ses lèvres étaient directement à côté de sa joue quand il l'effleura des siennes.

— Veux-tu passer la journée avec moi ?

Autant pour le type autoritaire. Oui, il voulait toujours diriger, mais donner des ordres à cette femme serait comme essayer d'attraper une gazelle en tirant des feux d'artifice.

Lillie posa ses mains sur l'endroit où il maintenait sa veste sous ses seins, ses pouces effleurant leur dessous sensible. Elle ne dit pas un mot pendant un moment. Elle se contenta de le regarder en jetant un coup d'œil momentané à Damon, avant de croiser le regard de Jim en hochant la tête.

Il fut pris de l'envie de faire un saut périlleux arrière, mais cela n'aurait pas été très digne.

— Tu as envie de faire quelque chose de particulier ?

Lillie se retourna avec enthousiasme.

— Oui. Il y a un spectacle pour lequel je veux acheter

des billets, un restaurant qui a eu une super critique, et je veux apprendre à danser.

Jim sourit et hocha la tête tout du long jusqu'à la dernière chose de sa liste.

— Oh, et Damon a dit qu'il avait prévu quelque chose pour une partie de la journée aussi.

Jim se retourna pour examiner son ami.

— Damon semble plein de bonnes idées aujourd'hui, n'est-ce pas ?

Le loup se contenta de sourire, se mettant hors de portée des bras de Jim.

— Wouah, regarde l'heure ! Je suis attendu.

— Étrange, mais pratique.

Le côté possessif de Jim fut satisfait quand Lillie glissa ses doigts dans les siens. Le contact chaud de sa petite main le rassurait.

— Que pensez-vous de ça ? dit Damon en regardant directement Lillie. Vous vous amusez pendant la matinée, vous vous organisez pour aller voir ce fameux spectacle, et après déjeuner, vous me retrouvez dans le salon des métamorphes. Ensuite, nous pourrons faire ce truc amusant que j'ai prévu.

Impossible pour Jim de protester alors que Lillie sautillait sur ses talons avec enthousiasme.

— Ça m'a l'air merveilleux ! Merci, Damon.

— Ouais, Damon, ça a l'air très chouette.

Son ami exultait avec une jubilation maximale.

— On se voit là-bas.

— Attends.

Lillie fit un pas en avant, son pas s'étirant derrière elle alors que Jim refusait de relâcher ses doigts. Elle jeta un coup d'œil à leurs mains nouées, sourcils froncés, et il la libéra à contrecœur. Elle se retourna vers le loup, le menton baissé, mais la voix claire.

— Tu as été très gentil avec moi, ce matin. Merci.

— Pas de problème, chérie. C'est très facile d'être gentil avec toi.

Damon fit semblant de lui tirer son chapeau, puis tourna les talons et s'en alla.

Jim lui lança un regard noir. La seule chose vaguement campagnarde chez son ami était la sauce barbecue qu'il mettait sur ses hamburgers.

Puis Lillie lui attrapa la main, le tirant vers la caisse, et ce petit contact fut suffisant pour apaiser ses frustrations.

— Je dois payer mes affaires. Ensuite, nous pourrons peut-être regarder les spectacles.

Ils étaient de retour dans le salon des métamorphes, des billets dans sa poche pour une représentation du Cirque du Soleil. Le sac flambant neuf que Jim avait insisté pour lui offrir était rangé en toute sécurité dans une arrière-salle, gardé par un métamorphe souriant qui avait renoncé à flirter avec elle quand Jim s'était approché d'elle de manière protectrice.

Elle se demanda brièvement pourquoi elle était encore avec lui. Ce qu'elle aurait dû faire ce matin-là, c'était changer d'hôtel, ou au moins retourner dans sa chambre et rester loin de la tentation de Jim.

En fait, telle était son intention lorsqu'elle s'était faufilée hors de la chambre, mais quelques instants après avoir atteint le hall d'entrée, elle s'était retrouvée submergée par l'arrivée d'un groupe de touristes japonais et par le nombre impressionnant de corps en mouvement.

Damon n'avait mis que quelques minutes à découvrir sa cachette. Et même si elle n'était pas aussi à l'aise avec lui qu'avec Jim, la protection qu'il lui avait offerte l'apaisait bien trop pour qu'elle refuse.

Son débat intérieur avait continué jusqu'à ce que Jim lui demande de passer la journée avec lui. Maintenant qu'elle avait fait l'expérience de Vegas, elle savait qu'elle avait peu de chances de gérer seule tout ce qui figurait sur sa liste de choses à faire à court terme.

Il n'y avait vraiment aucun mauvais aspect à passer plus de temps avec lui. Il était doux, ce qu'elle appréciait. Alors même qu'il la conduisait à l'arrière du salon, son corps imposant créait un mur entre elle et le reste des métamorphes.

La main forte qu'il posait sur son dos la guidait et la protégeait.

Le cas échéant, elle pourrait trouver un moyen de se défendre seule, mais c'était bien de lui laisser la tâche.

— Sais-tu ce que Damon a prévu ? lui demanda-t-elle.

Pas tout à fait, mais si je devais deviner, j'imagine qu'au vu de la tenue qu'il t'a fait acheter, et de nos plans pour la fin de la semaine, nous pourrions aller faire une balade.

Lillie leva les yeux.

— Que faites-vous à la fin de la semaine ?

— C'est un pari de longue date. Une chose que Damon et moi avons initiée il y a des années. Vendredi, nous partirons un peu dans les collines.

Il la serra contre lui, s'interrompant un moment pour laisser passer un grand nombre de personnes.

Elle poussa un soupir de soulagement. Cela correspondait bien à ses plans. À présent, elle pouvait se détendre et n'avait pas à s'inquiéter d'avoir à partir en douce. Vendredi serait parfait pour la prochaine étape de son voyage.

Ensuite, l'autre partie de ce qu'il avait dit la frappa.

— Une balade. Genre, à cheval ?

Damon leur fit un signe depuis le coin de la pièce, et ils se dirigèrent vers lui.

— À moto, l'informa Jim.

L'idée semblait fabuleuse, mais elle était mal à l'aise à l'idée de s'inviter. Pourtant, elle garda le silence. Elle aurait bien le temps de protester plus tard si nécessaire.

Le loup métamorphe donna une tape sur l'épaule de Jim en guise de salut, et tendit la main pour prendre celle de Lillie et la rapprocher assez pour déposer un baiser sur sa joue.

— Content de voir que vous avez pu venir.

Jim l'attira de nouveau vers lui, et la plaqua contre lui avec un petit grognement.

Damon haussa un sourcil.

— Je me montre juste amical.

Lillie ne put se retenir.

— Je n'aimerais pas voir comment tu réagirais si quelqu'un qui n'est pas un ami m'embrassait.

Les deux hommes lui jetèrent des regards horrifiés. Damon, comme s'il venait d'assister à une boucherie, et Jim, comme s'il venait de démembrer quelqu'un. Cela ne la fit pas flipper autant que cela aurait dû. C'étaient des métamorphes, ou plus exactement des *mâles* métamorphes.

Ces bêtes étaient assez prévisibles.

... Mais il était temps de changer de sujet.

Lillie retrouva tout son enthousiasme, et se tourna vers la table et les piles de vêtements qui s'y trouvaient.

— On dirait que tu as fait quelques achats de ton côté.

Damon hocha la tête.

— Certaines choses sont nécessaires pour rendre une grande idée encore plus grande.

Le grizzly métamorphe à ses côtés s'avança et toucha l'une des piles.

— Pourquoi je ne te fais pas confiance ?

— Parce que tu me connais, le taquina Damon. Mais cette fois, il n'y a pas de surprise. Je me suis dit que si nous devions faire une course de moto pour le défi, autant pleinement profiter du moment.

— Entraîne-toi à le dire. Jim a gagné. Jim a gagné. Jim a gagné.

Son ami ricana et poussa une pile de vêtements sur le côté en faisant un clin d'œil à Lillie.

— Parfois, mon ami a la folie des grandeurs.

— Seulement parfois ? balança-t-elle d'un ton neutre avant d'éclater de rire quand les doigts de Jim lui chatouillèrent la taille.

Le rire de Damon résonna dans la pièce.

— Je t'aime bien, lui dit-il avant de faire un signe à Jim. Ferme-la et change-toi.

Il retira sa veste et sa chemise, et trouva dans sa pile un paquet de tissu bleu ciel.

Lillie sourit. Elle ne considérait pas Damon comme particulièrement vaniteux, mais il avait acheté un t-shirt d'une couleur parfaitement assortie à ses yeux. Jim s'en rendit compte aussi, et ils échangèrent des regards amusés.

Elle jeta un coup d'œil aux vêtements que Jim triait, mais au lieu d'un marron foncé, il trouva un t-shirt noir.

— Est-ce que je peux garder mes sous-vêtements ? demanda Jim d'un ton taquin.

Damon laissa échapper un petit rire.

— Il est hors de question qu'on discute des mérites des boxers contre les slips ou la version commando. On a eu cette conversation quand on avait douze ans. Une fois par vie, c'est suffisant.

Deux loups sous leur forme animale passèrent en trottinant pendant que les gars se changeaient. Lillie s'appuya sur une table voisine et ne prit pas la peine de cacher son admiration.

Selon les normes des métamorphes, se mettre nu n'était pas considéré comme cochon. Ils devaient l'être pour se transformer. Ce qui ne diminua en rien le plaisir qu'elle avait à les regarder tous les deux, que ce soit la mince silhouette de loup de Damon ou la masse du corps de Jim.

Damon finit par enfiler sa veste et tendit les bras en tournant lentement.

— Alors, qu'est-ce que tu en penses ?

Il portait un jean délavé, un t-shirt qui mettait bien en valeur les muscles sur lesquels il avait passé l'étoffe, le tout surmonté d'une veste en cuir avec une énorme tête de loup dans le dos et l'inscription « Chef de la meute ».

Lillie approuva d'un hochement de tête.

— J'aime bien.

Jim enfila sa veste, et Lillie quitta son perchoir pour jeter un coup d'œil derrière lui, s'accrochant à ses bras. Son logo était une énorme tête d'ours, certainement un grizzly, et la bannière disait « Ne rate pas la branche ».

Elle resta perplexe un instant, avant que la chanson scoute à laquelle la phrase faisait référence ne lui vienne à l'esprit.

Bon sang, c'était tordant.

— J'adore.

Jim grogna légèrement.

— Au moins ce salaud n'a pas utilisé d'ours en peluche comme d'habitude.

— Je te jure que ce type à l'imprimerie a eu le plus

grand mal à comprendre ce que je voulais. Et il voulait que je te donne son nom.

Jim fronça les sourcils.

— Pourquoi ?

Damon s'éclaircit la voix.

— Il dit qu'il aime les ours.

— Il ne savait pas que nous étions des métamorphes, n'est-ce pas ?

Les yeux de Jim s'écarquillèrent au moment où il comprit.

Oh, mon Dieu.

— Tu n'es pas assez poilu pour être ce genre d'ours.

Oups.

Lillie plaqua une main sur sa bouche, et même Damon perdit son expression sérieuse et éclata de rire.

Jim secoua la tête.

— Heureux d'avoir pu te divertir. Malheureusement, je n'ai pas assez de fourrure sous forme humaine et ce n'est pas mon genre, alors le pauvre gars devra continuer à rêver.

Son ami s'essuya les yeux, prit une grande inspiration et souffla doucement.

— Je te le dis, j'ai eu le plus grand mal à garder un visage impassible.

— Je parie que ça t'a coûté, répondit Jim.

— J'aime vos deux tenues, et vous êtes très beaux, leur dit Lillie.

Jim acquiesça.

— Je ne sais pas qui tu as tué pour obtenir des tenues, mais je garde la mienne. Il ne nous manque plus que les motos pour compléter l'ensemble.

— Maintenant que tu le dis... lança Damon qui regarda Lillie avec prudence et hocha la tête quand elle enfila sa veste en cuir. Je crois que nous sommes prêts.

Il les mena vers la porte de sortie voisine, où deux magnifiques motos les attendaient.

— Génial, dit Lillie avant d'en faire le tour, passant la main sur le métal brillant et le cuir noir souple. Des Harley ?

— La mienne, c'en est une, confirma Damon en tapotant l'une des motos.

Il montra l'autre, que Jim était déjà en train d'enfourcher.

— C'est une Ducati. Jim a des goûts de luxe plus prononcés que les miens. J'ai dû faire des folies pour lui avoir ce beau bijou italien.

— Mon ami, je te pardonne tous les péchés que tu as commis contre moi, dit Jim en passant les mains sur le guidon, secouant légèrement la tête en admirant la moto. Enfin, en dehors de cet incident quand nous avions sept ans. Je te détesterai pour ça jusqu'à ma mort.

Damon prit un casque sur sa moto et montra du doigt l'arrière de celle de Jim.

— Je ne sais pas pourquoi tu persistes à dire que c'était ma faute. Les ours nagent, les loups nagent. Comment étais-je censé savoir que tous les blaireaux n'aiment pas nager ?

— Ce n'est pas sur toi qu'il est monté ! grogna Jim.

Lillie était ravie de voir un casque pour elle aussi, mais elle attendit que Jim le lui tende, appréhendant soudainement de s'interposer entre les deux vieux amis.

— Je ne suis pas obligée de me joindre à vous. C'est un truc spécial pour vous et...

— Mets ton casque et pose tes fesses sur la moto, lui dit-il avant que son expression sévère se radoucisse. Du moment que tu es à l'aise. Tu n'as pas peur, n'est-ce pas ?

Elle rougit légèrement en voyant à quel point elle était à l'aise.

— Pas si tu conduis.

Son hochement de tête approbateur lui donna des frissons.

Damon tenait son casque devant lui, ses longs membres déjà installés sur sa moto.

— Voilà qui règle la question. On va les sortir et voir ce dont elles sont capables.

Il enfila son casque sur ses cheveux blonds et posa les mains sur les commandes.

Avant qu'elle ne soit installée, Damon était parti, ses pneus filant sur la chaussée alors qu'il décollait dans un fatras de fumée et de bruit.

Elle serra la sangle sous son menton.

— Je ne te ralentis pas, si ?

Jim secoua la tête, la soulevant pour la mettre en position derrière lui. Il la tira près de lui, ses cuisses se blottissant contre les siennes, chaudes, intimes et totalement sécurisantes, tandis qu'elle enroulait ses bras autour de son torse et s'accrochait fermement. Il décolla plus lentement que Damon, mais le vent siffla et Lillie se rendit compte qu'elle arborait un large sourire niais.

Son dernier tour de piste se révélait être l'une des meilleures expériences de sa vie.

6

———

Ils s'engagèrent vers le nord sur l'autoroute, puis prirent une route. Il n'avait pas fallu longtemps à Jim pour rattraper Damon, et ils roulaient côte à côte, prenant les virages alors que le paysage changeait, les arbres commençant à s'épaissir à mesure qu'ils prenaient de l'altitude.

Un panneau leur indiqua qu'ils se dirigeaient vers le mont Charleston. Cette zone était également un territoire familier. Jim et Damon avaient déjà joué dans le parc auparavant, mais il était bon de pouvoir se réjouir de montrer à Lillie quelque chose de différent.

Et il appréciait que Damon ne les entraîne pas pour une activité qui prendrait des heures. Jim avait épuisé Lillie la nuit dernière, et les cinquante minutes qu'il fallait pour arriver au parking du départ du sentier étaient plus que suffisantes.

Elle était appuyée contre son dos, les mains fermement accrochées autour de sa taille. À chaque bosse sur la route, elle le frottait, et mettait le feu à son corps.

Le parking était vide quand ils arrivèrent. Lillie retira son casque, l'air émerveillé en regardant autour d'elle.

— Très bien, j'avoue. C'est bien plus mon truc que le casino.

Damon accrocha son casque sur le guidon et retira sa veste.

— Pourquoi avoir décidé de venir à Vegas si tu n'es pas à l'aise dans la foule ?

Pendant une seconde, ce fut comme si elle allait répondre à la question, mais elle releva ses barrières. Elle hésita assez longtemps pour que Jim se rende compte qu'elle débattait de la part de vérité à inclure dans son histoire.

— Je n'avais pas beaucoup de choix, et j'ai toujours voulu voir Vegas.

Elle leur tourna le dos et se dirigea vers la grande carte affichée au départ du sentier.

Damon jeta un regard insistant à Jim, l'air de dire, « *Tu vois ? Elle garde des secrets.* » Et pourtant, du moment que ce n'étaient pas d'horribles secrets, qui était-il pour juger ?

Il changea de sujet avant que Damon ne dise quoi que ce soit à voix haute.

— Nous avons le temps de faire une petite promenade.

Son ami retira son t-shirt avec un geste vers la boîte au bord du sentier.

— La meilleure invention qui soit.

Lillie passa la tête sur le côté de la carte.

— Une cachette de nourriture ?

— On y place nos vêtements pour que personne ne nous vole nos affaires pendant que nous nous baladons sous forme animale, lui dit Jim en lui tendant la main. J'ai fait don de celui-là pour qu'on ait un endroit sûr où mettre les choses.

— Ce qu'il ne te dit pas, c'est qu'avant qu'on ait ça là, quelqu'un s'est enfui une fois avec tout, sauf nos chaussures. Le retour en ville a été des plus intéressants.

Damon lui fit un clin d'œil, et Lillie éclata de rire.

Jim inclina la tête vers le sentier.

— Est-ce que tu veux te transformer un moment ? Je te promets que c'est sans danger. Personne ne va s'énerver même si nous sommes repérés.

Le sourire de la jeune femme était plein de malice.

— Tu es sûr que personne n'y réfléchira à deux fois en voyant un grizzly, un ours noir et un loup se balader ensemble ?

Damon était déjà nu, et rangeait ses bottes dans la boîte métallique.

— Ce n'est rien. Je suis venu ici une fois avec quelques amis : un couguar, un lion et deux autres... nous avons joué à chat. Quelqu'un a pris une photo satellite du moment où le vison nous poursuivait tous.

Elle arbora un sourire joyeux.

— J'adorerais me balader un peu.

Jim savait que ce n'était pas nécessaire, pas pour le bien de Lillie. Mais pour sa propre tranquillité d'esprit, il se tint entre elle et son meilleur ami pendant qu'ils se déshabillaient. Il prit sa pile de vêtements, laissant son regard dériver sur sa peau crémeuse et le soleil qui rebondissait sur ses courbes.

Elle agita un doigt dans sa direction.

— Je reconnais cette expression. Je croyais que tu avais dit que tu voulais faire une balade, pas une culbute.

— D'abord l'une, puis l'autre, proposa-t-il en guise de compromis.

Elle souriait toujours lorsqu'elle se transforma, son minuscule corps humain se changeant en l'ours noir le plus mignon qu'il avait jamais vu. Jim s'avança, s'accroupissant pour la regarder droit dans les yeux tout en lui caressant la tête.

— Regarde-toi. Je pourrais te dévorer en une seule bouchée, la taquina-t-il.

Lillie lui répondit en faisant claquer sa mâchoire avant de s'asseoir sur ses pattes arrière, inclinant la tête sur le côté de la manière la plus adorable qui soit.

Jim rangea leurs vêtements dans la boîte sécurisée et la verrouilla fermement. Puis il la rejoignit, s'abaissant à ses côtés.

— Comment vas-tu, ma chérie ?

Damon trottina à côté de lui. Le loup argenté avec des marques noires sur les épaules agitait sa queue avec excitation. Son ami débordait d'enthousiasme, comme d'habitude. Lillie se tortilla légèrement, puis se pencha en avant et posa son nez sur celui de Damon. Le loup répondit joyeusement, rebondissant sur ses pattes avant pour passer d'une position accroupie à une autre, se déplaçant d'un côté à l'autre, prêt à jouer.

Jim posa la main sur l'épaule de Damon et le poussa assez fort pour le déséquilibrer.

— Arrête de flirter, lui ordonna-t-il.

Damon continua de rouler jusqu'à se remettre sur ses pattes, montrant les dents en riant.

Jim reporta son attention sur Lillie.

— Ça ne te pose pas de problème de rencontrer le loup de Damon ?

Elle secoua la tête avant de se lever et de se rapprocher de lui. Il resta immobile et la laissa tourner autour de lui. Puis elle patienta.

Il n'y avait qu'un seul moyen de savoir si elle pouvait le supporter. Jim se transforma, le moment du passage entre l'humain et l'animal se répandant sur lui avec une douce et sensuelle provocation. Il était ravi que les histoires que l'on racontait soient fausses. Il n'était pas question de grincements douloureux des membres lorsque leurs os se réarrangeaient. La chose qui leur permettait de se transformer était vraiment agréable.

Regarder le monde avec son prisme était étonnant, comme toujours. Les sons qui l'entouraient étaient tout aussi intenses que dans sa forme humaine, mais ils avaient en quelque sorte plus de sens quand il était sous sa forme animale. C'était la même chose pour les odeurs, plus riches et plus claires à chacune de ses respirations.

Lillie l'attendait toujours, et il se rapprocha, frottant doucement son épaule contre la sienne. Cela n'eut pas l'air de la déranger. En fait, elle le repoussa même avant de s'éloigner en se pavanant de manière presque aussi joueuse que Damon.

Dieu merci. Il avait espéré qu'elle lui ferait confiance, mais il savait que son ours était une grosse brute. Il avait effrayé d'autres métamorphes, même ceux qui étaient loin d'être aussi timides qu'elle.

Elle fila le long du sentier et contourna les arbres, quittant les gravillons et coupant à travers le terrain vers la crête voisine. Damon ne se fit pas prier pour courir, tous les trois progressant dans la nature avec aisance alors que le soleil éclairait la colline.

Peu importe à quel point les métamorphes étaient civilisés, le mélange d'humains et d'animaux impliquait qu'il y avait une partie d'eux avec un besoin de la nature sauvage. C'était la raison pour laquelle, même si Jim détestait l'idée de retourner à la maison qu'il avait dans le nord, il ne pouvait pas l'abandonner.

Courir avec les autres le long de la crête lui donnait le

temps de réfléchir. Depuis un an, il s'en remettait à sa seule volonté pour cacher la douleur de sa perte.

L'argent ne pouvait pas tout régler.

Et bien que ses parents et lui se soient retrouvés piégés dans un effondrement, ce n'est pas l'obscurité qui le faisait se réveiller avec des sueurs froides. C'était la perte de la famille et des liens. Les ours n'aimaient pas beaucoup se rassembler à la base. Bon sang, ils étaient tellement solitaires qu'ils avaient même instauré des conventions pour organiser des mariages entre individus compatibles afin de s'assurer que les métamorphes d'ours ne disparaissent pas complètement.

Son plaisir à côtoyer les autres était rare, et il croyait sincèrement que seule son amitié avec Damon l'avait aidé à traverser ces premiers mois de désespoir.

Il n'était toujours pas retourné à la maison en construction à l'extérieur de Whitehorse. La dernière fois qu'il y était allé, c'était avec ses parents, alors qu'il leur montrait les plans du manoir. Ils avaient approuvé ses choix, admiré ses succès et l'avaient taquiné sans pitié sur la taille de l'endroit et le nombre d'enfants qu'il allait devoir faire pour occuper les pièces vides.

Et maintenant ils étaient partis.

Un long hurlement grave retentit dans les collines. Damon, laissant échapper un cri. Son timbre se situait quelque part entre la joie pure et la plus profonde tristesse, et Jim se questionna à nouveau sur les sentiments profonds de son ami blagueur. Le fardeau qui pesait sur Damon était si bien gardé que même Jim n'arrivait pas à défaire les chaînes.

Il s'arrêta à côté de son ami, bousculant le loup avec sa hanche. Damon hurla simplement de plus belle, mais cette fois avec une pointe de rire.

Jim reporta son attention sur sa mystérieuse femme. À titre de diversion, elle avait été tout ce qu'il pouvait espérer et même plus. Il avait déjà hâte de passer la soirée avec elle, même si cela signifiait aller voir un spectacle au lieu de l'emmener directement au lit.

Il ne savait pas si c'était de l'égoïsme de sa part, ou s'il se montrait gentil en ne fouillant pas plus profondément dans ses secrets.

La seule chose dont il était sûr, c'était qu'il était sacrément content de l'avoir rencontrée.

LA JOURNÉE AVAIT ÉTÉ PARFAITE, décida Lillie. C'était dû un peu à tout : le shopping, la virée dans les montagnes, l'énorme pile de burgers qu'ils avaient ingurgités.

Si l'on ajoutait à cela l'expression sur le visage de la fille au comptoir alors qu'elle prenait leur commande pour vingt-cinq hamburgers et huit portions de frites... elle était hystérique. Surtout quand Damon y était retourné pour en commander deux autres, se plaignant qu'il avait encore faim.

Bzzzzz.

Lillie se sécha les mains sur la serviette, vérifiant ses textos en quittant les toilettes.

C'est le moment de pointer.

Lillie écrivit rapidement. *Toujours en vie. Je m'amuse. Pas le temps de parler, vais voir un show.*

Toujours en train de flirter ?

Oui. Je dois y aller.

<3

Ce bref contact la rassura. Addie était là en cas de besoin, mais jusqu'à présent, tout se passait à merveille.

Jusqu'à, et y compris, la préparation pour leur show.

Des doigts glissèrent sur son épaule alors qu'elle mettait la touche finale à son maquillage.

— Tu as acheté ça aujourd'hui ? C'est fantastique.

Jim posa ses lèvres sur sa peau, et lui donna la chair de poule.

Lillie hésita. Elle ne voulait pas trop lui en dire, mais elle ne voulait pas mentir non plus.

— Non, j'avais ça avec moi.

Il jeta un œil dans le miroir, ajustant sa cravate en parlant.

— Oh, dans le sac que tu as pris au voiturier.

Il faisait exprès de ne pas la regarder directement, elle le savait.

— Je voulais juste te dire... Si jamais tu as une chambre réservée pour demain soir, tu pourrais aller de l'avant et l'annuler. Autant économiser l'argent.

Elle rougit.

— Je ne voulais pas me montrer présomptueuse. Je veux dire, je sais que vous partez vendredi, mais j'aimerais rester avec toi. Seulement si à un moment tu ne veux plus de moi, tu dois me le faire savoir...

Il captura son regard dans le miroir et la retint captive par ce seul moyen. Il ne dit rien pendant assez longtemps pour qu'elle commence à s'impatienter.

Quand il finit par parler, c'était d'une voix basse et prudente.

— Je n'exige rien. Je n'ai aucune attente. Tu peux rester avec moi, c'est tout ce que je disais.

Elle acquiesça vigoureusement, puis se détourna, maudissant sa situation.

— Est-ce que tu as d'autres sacs à récupérer ? lui demanda Jim. Je ne te poserai aucune question. Je veux juste que tu saches que tu peux les mettre dans un coin ici pour qu'ils soient en sécurité.

Il se rapprochait à chaque instant de la découverte de la vérité, et l'assurance de Lillie vacillait.

Peut-être que ce n'était pas une bonne idée de traîner avec un homme comme Jim. Il lui inspirait confiance, et cela devenait trop tentant de cracher le morceau. Et pourtant, ce n'était pas comme si elle se dirigeait vers un destin terrible. Elle était d'accord avec ce que son avenir lui réservait.

Il était temps de se concentrer sur les beaux moments qu'elle avait dans le présent.

— Mes affaires sont dans une consigne. Ça ira jusqu'à ce que j'aille les chercher.

Heureusement, il changea de sujet, l'abandonnant complètement alors qu'il ramenait sa main au contact de ses jointures et faisait naître le désir dans son corps.

— Nous sommes assis dans une section plus intime pour le spectacle, l'informa-t-il alors qu'ils passaient l'entrée principale, et qu'une porte latérale s'ouvrait devant eux.

Des serviteurs en uniforme glissèrent hors de vue tandis qu'il la faisait avancer.

— Je me suis dit que ce serait plus facile pour toi de ne pas avoir à gérer la foule.

— Je commence à m'y habituer, insista-t-elle, lui serrant les bras alors qu'il la guidait vers une causeuse dans une alcôve privée. Et c'est plus facile quand je suis avec toi. Je me sens en sécurité.

Elle n'eut pas l'occasion d'admirer leur environnement, car à l'instant où ils furent tous deux assis, Jim se pencha vers elle et l'embrassa. Elle répondit avec ardeur, avide de son contact. Il s'était comporté en parfait gentleman tout au long de l'après-midi, lui volant de petites caresses, mais d'une manière telle qu'elle ne s'est pas sentie tripotée ou dominée.

Elle s'était sentie choyée. Valorisée.

Alors qu'ils attendaient que le spectacle commence, Lillie glissa ses doigts dans ses cheveux et se délecta du plaisir qu'il lui offrait. Et quand les lumières s'éteignirent et que le rideau se leva, elle fut triste de n'avoir que sa main dans la sienne.

Lillie se blottit contre lui, appuyant sa paume sur sa poitrine tandis que son regard restait rivé sur la scène. Il posa sa main sur la sienne, dessinant ses doigts un par un. Une caresse charmante qui l'ancrait sur place et lui permettait de se libérer de la petite tension due à la présence de tous ces gens autour d'eux.

Elle se surprit à le caresser, et alors que la musique s'élevait dans le spectacle, un grondement satisfait échappa à l'homme à côté d'elle.

— Si tu continues comme ça, je vais croire que tu veux que je te caresse aussi, la prévint-il, ses lèvres effleurant son oreille.

Oh. Eh bien...

La tentation agita ses pompons, et soudain, la découverte du type de caresses que Jim avait en tête fut bien plus importante que toutes les acrobaties qui se déroulaient devant elle.

Elle décrivait des cercles, faisant tourner ses doigts jusqu'à ce qu'elle découvre son mamelon sous la chemise. Elle retira ses chaussures et ajusta ses jambes pour pouvoir mieux l'atteindre, défit le bouton du milieu de sa chemise et glissa sa main sous le tissu.

Cette fois-ci, lorsqu'elle le toucha, elle avait les doigts sur sa peau nue. Elle effleura les poils drus de sa poitrine pour le provoquer, titillant le disque plat de son mamelon jusqu'à ce qu'il gronde.

Sur la scène, la danse se fit plus sauvage, la musique battit plus fort, et son courage augmenta. Lillie ouvrit rapidement les deux boutons suivants, laissant son col et sa cravate en place et les pans de sa chemise toujours rentrés, mais elle avait désormais de la place pour caresser son abdomen musclé. Pour faire glisser ses ongles sur sa peau.

Ce qu'elle voulait vraiment, c'était baisser sa braguette et libérer son membre.

Et d'un coup, elle se dit : *pourquoi pas ?*

Il siffla alors qu'elle tirait sur la languette métallique qui retenait le bloc solide dans son pantalon. Mais il ne l'arrêta pas. Pas à ce moment-là, et pas non plus lorsqu'elle glissa sa main et enroula ses doigts autour de la chaleur épaisse qu'elle trouva.

Il faisait suffisamment sombre autour d'eux pour que personne ne puisse voir ce qu'elle faisait, pour le cas où ils réussiraient à détourner leur regard de la scène.

Jim se débarrassa de sa veste de costume et la jeta négligemment sur ses genoux, avançant ses hanches sur le canapé et posant sa tête sur le dossier.

Lillie se mit à genoux et posa les lèvres sur sa joue.

— Ça va ?

Heureusement, quelque chose se produisit sur scène au moment même où il laissait échapper un grand « ha ». Son exclamation fut noyée sous les applaudissements et les « ooh » et les « aah ».

— Dis-moi toutes les choses cochonnes que tu veux que je te fasse, grogna Jim.

Lillie prit une grande inspiration. Elle passa sa paume sur la tête douce de son sexe, répandant l'humidité qu'elle y trouva.

— Maintenant ?

— Maintenant, murmura-t-il. Tant que tu continues à parler, je te laisse continuer à me caresser. Voyons qui peut tenir le plus longtemps.

Quelque chose semblait clocher.

— Tu vas jouir si je continue à te toucher.

Une nouvelle salve d'applaudissements du public.

— Dis-moi, ma belle, insista-t-il. À moins que tu préfères que je te touche ? Que je trouve un endroit où tout le monde pourrait nous regarder, et que je glisse mes doigts dans ta culotte ?

Lillie déglutit fort.

— Euh... non.

Elle songea rapidement aux choses qu'elle voulait lui dire, parce que s'il continuait de parler, peu importe qu'il la touche ou non, elle se tortillerait si fort que quelqu'un comprendrait ce qui se passait.

— J'aimerais que tu me touches, lui avoua-t-elle, mais pas là où on peut nous voir. Je pense que ce serait amusant d'être dans le noir total. Ne pas savoir où tu me toucherais ensuite.

Elle libéra sa verge et la caressa, faisant rouler lentement sa main sur toute la longueur.

Il lui attrapa le poignet et porta ses doigts à sa bouche, léchant sa paume avant de la replacer autour de son érection. Cette fois, sa main glissa plus doucement, et elle reprit son rythme lent et régulier.

— J'aimerais essayer le sexe dans le noir, dit-elle fermement. Pas comme si tu me poursuivais, parce que je pourrais avoir peur. Mais plutôt comme une chasse au trésor. Tu devrais me toucher lentement, apprendre ce que je ressens, puisque tu ne pourrais pas me voir.

Comme maintenant, alors qu'elle apprenait ce qu'il ressentait.

Elle fixait la scène du regard tout en se concentrant sur les changements subtils de son corps à chaque montée et descente de son poing sur son sexe.

— Et dans la douche. Un endroit humide, bien que je ne pense pas qu'un jacuzzi soit une bonne idée, car il pourrait faire trop chaud, mais une douche, ce serait bien. L'humidité coulerait sur ton corps, et je la lècherais. Et tu pourrais frotter ton corps contre le mien... Ce serait si glissant et si chaud que quand tu t'enfoncerais en moi, ce serait comme si nos corps entiers étaient connectés.

Son membre frémit dans sa main, plus qu'assez lubrifié à présent, car le liquide séminal se déverse de son extrémité sur sa paume. Il couvrit la main de Lillie avec la sienne, augmentant la pression et la vitesse.

Le défi n'était pas terminé. Dans sa tête, Lillie redressa les épaules et tenta le tout pour le tout.

— Mais ce dont j'ai le plus envie, c'est par-derrière. Ton corps grand et fort sur moi, tes bras qui m'enferment tout en me protégeant. Je te sentirais toucher chaque partie de mon dos, ton aine plaquée contre mes fesses. Tu serais tellement dur contre moi, et puis tu passerais la main autour de moi et tu jouerais avec moi. Avec mes seins, entre mes jambes...

Elle frémit et son rythme sur son érection s'affaiblit alors que les images qu'elle décrivait rendaient son corps douloureux. Il maintint le rythme, mais c'était à présent à quatre-vingt-dix pour cent ses efforts qui bougeaient sa main sur lui tandis qu'elle se préparait à terminer.

— Tu te balancerais entre mes jambes...

— Ma queue, exigea Jim avec un grognement grave au moment où des cymbales retentissaient et qu'un artiste s'envolait à travers les airs. *Dis-le*. Dis que tu veux ma *queue* entre tes jambes.

— Oui.

Son souffle se fit plus saccadé, augmentant au rythme de la musique qui s'élevait autour d'eux alors que le premier acte s'achevait sur un final époustouflant.

— Je veux ta... *queue*... entre mes jambes, en train de faire des va-et-vient. Je la sentirais frotter sur moi. Je te tremperais jusqu'à ce que tu cesses de me titiller et que tu me pénètres d'un coup. Tu serais épais, et brûlant, et tellement bon.

Il laissa échapper un bruit de gorge.

Elle devait être aussi enrouée que lui.

— Et puis, tu... me sauterais. Fort.

— *Lillie...*

Il ferma les yeux, agitant sa main gauche sous son manteau.

Il referma ses doigts sur ceux de la jeune femme ; une vague de chaleur se répandait sur elle, la rendant plus collante, tandis qu'ensemble, ils lui arrachaient un nouveau halètement rauque.

Elle serra les jambes l'une contre l'autre, tentant d'apaiser sa respiration alors que la pièce explosait de cris et de détonations, le crescendo final de la première représentation se synchronisant avec les derniers soubresauts de son orgasme.

Un sourire étira les lèvres de Lillie. Même excitée et avide, elle ne s'était jamais sentie aussi satisfaite. Du moins, pas avant qu'il ne l'ait ravie au cours du troisième acte, ramenée dans sa suite et qu'il ait fait tout ce qu'elle avait suggéré.

Toute la nuit.

7

———

Un instant elle était recroquevillée dans ses bras, l'instant d'après un poids énorme pesait sur sa poitrine et il haletait pour respirer.

Jim a repoussé les draps, soulagé de voir qu'il avait réussi à ne pas les déchirer cette fois. La seule chose qui lui parut familière, c'était que Lillie était partie, et depuis assez longtemps pour que sa place soit froide au toucher.

Comment était-elle parvenue à sortir du lit sans qu'il s'en aperçoive ?

Heureusement, cette fois-ci, lorsqu'il entra dans le salon, elle était assise, un ordinateur ouvert sur la table basse et elle balançait la tête au rythme d'un clip vidéo qui passait à bas volume.

Il posa le regard dans le coin de la pièce. Des valises y étaient soigneusement empilées, chacune assez grande pour un long voyage. C'était du tissu de bonne qualité, et Jim stocka l'information pour y revenir plus tard. Ce qui l'intéressait plus encore, c'était de s'assurer qu'elle était heureuse pendant qu'ils étaient ensemble.

C'était normal.

Elle leva les yeux au moment où il s'avançait, son sourire timide s'étirant sur son visage alors qu'elle se levait.

— Salut. Tu es enfin réveillé, marmotte.

Il jeta un œil à la pendule.

— Il n'est que sept heures du matin.

— La moitié de la journée est pratiquement passée.

Elle se blottit contre lui, enroulant les bras autour de son dos, levant le visage pour qu'il l'embrasse. Il n'avait absolument aucune objection, se laissant aller à la douceur de son contact pendant quelques instants.

Quand elle s'éloigna, il regarda plus attentivement ce qu'elle portait.

— Tu t'es faufilée dans mon dressing.

Lillie baissa les yeux sur la chemise blanche qu'elle portait, dont les pans descendaient au-dessous de ses genoux. Un sourire malicieux l'accueillit alors qu'elle se dirigeait vers la cuisine.

— Tu veux du café ? J'en ai fait.

— Tu aurais pu faire appel au service de majordome, tu sais.

Il ne put s'empêcher de la suivre. Ainsi, il pouvait regarder ses jambes.

— On va te trouver une autre chemise de nuit. Celle-ci couvre beaucoup trop tes fesses.

Elle était en train de lui verser un café, et s'interrompit.

— Mais si je retire la chemise, nous n'allons jamais quitter cette suite.

Jim songea à sa remarque un long moment, jusqu'à ce qu'il boive sa première gorgée de café.

— Nan. Je ne vois absolument pas en quoi c'est un problème.

Lillie lui donna un petit coup en passant à côté de lui, avant d'enrouler ses doigts autour de sa hanche.

— Eh bien, j'ai des projets pour la journée. Et si tu veux, tu peux m'accompagner, mais sinon je te retrouve pour dîner. C'est à toi de voir.

Il n'avait pas l'intention de la quitter des yeux. Pas seulement parce qu'elle avait encore tout cet argent sur elle, mais parce que...

Juste comme ça.

On est déjà mercredi, mec. Le temps passe.

Ferme-la. On est seulement mercredi.

— Quels sont tes projets ?

Il s'installa à côté d'elle sur le canapé, une jambe de part et d'autre de son corps tandis qu'elle prenait place par terre et ouvrait un site web.

— Regarde, dit-elle en tapotant l'écran. Je les ai déjà contactés, et il y a un cours à dix heures. Nous avons donc le temps de prendre un petit-déjeuner avant de partir. Avant que je parte. Peu importe.

Jim regarda le site web de plus près, glissant les doigts dans les cheveux de Lillie tout en examinant les photos. Elle ronronna joyeusement tandis qu'il ramenait les longues mèches par-dessus son épaule pour les rassembler.

— Un cours de danse. Tu en as parlé hier. Il n'y a pas de cours là d'où tu viens ?

Elle se raidit, et il appuya les doigts sur son cuir chevelu, la massant jusqu'à ce que son corps se détende.

— Pas ce genre de danse.

Il avait bien plus envie de la toucher que d'examiner les détails sur l'écran.

— Tu as une brosse à cheveux sur toi ? lui demanda-t-il.

Elle se décolla du sol et se dirigea vers l'une des plus petites valises, ouvrant la pochette latérale et en sortant un objet hirsute.

— Je crois que j'ai un paquet de nœuds, le prévint-elle.

— Sans doute, répondit-il en la réinstallant entre ses genoux. Tu aurais dû prendre ta brosse plus tôt, mais je vais m'occuper de toi.

Il travaillait lentement, une partie à la fois, prenant la masse dans sa main et démêlant soigneusement chaque nœud. Elle prit appui sur ses jambes, passant ses bras autour de ses tibias tout en lui laissant le soin de bouger sa tête comme il le souhaitait. Coup de brosse après coup de brosse, les petits nœuds se transformaient en lignes de cuivre chatoyantes, jusqu'à ce que la lumière du soleil du matin jaillisse par la fenêtre. Puis il brossait une poignée de rayons de soleil, des bijoux étincelants qui s'emmêlaient autour de ses doigts.

C'était sensuel sans l'être vraiment. Après tout le plaisir sexuel qu'ils avaient vécu, ce moment était le plus intime. Ils gardaient le silence. Ils n'avaient pas besoin de mots : il prenait soin d'elle, et elle lui faisait confiance.

Quand elle soupira joyeusement en fermant son ordinateur, Jim l'attira sur ses genoux. Lillie se blottit contre sa poitrine.

— Je passe vraiment un moment merveilleux, lui avoua-t-elle. Mais après je commence à me sentir coupable parce que c'est juste une aventure entre nous, et je sais que tu ne voulais rien à long terme, et moi non plus... Mais je me sens quand même coupable même si c'est sur ma liste de choses à faire et...

— Chut, lui dit-il, posant un doigt sur ses lèvres avant de laisser échapper un profond soupir de contentement à son tour. Tu n'as pas besoin de te sentir coupable. Je m'amuse aussi. Cela fait longtemps que je n'ai pas simplement joué, au lieu de travailler. Je devrais plutôt te remercier d'avoir sacrifié une grande partie de tes vacances pour me faire plaisir.

Elle fronça le nez.

— Ce ne sont pas vraiment des vacances...

L'ascenseur bipa. La porte s'ouvrit et Damon entra.

— Bien le bonjour à vous, les gars. Êtes-vous prêts à vivre de superbes aventures en cette belle journée ?

C'était sa faute, car c'était lui qui avait donné un pass pour l'ascenseur à cet enfoiré. Jim était prêt à révoquer le statut de meilleur ami de Damon. Il étira le bras au-dessus du canapé et se tordit pour regarder son ami qui approchait.

— T'ai-je invité ?

Damon secoua la tête.

— Si j'attendais une invitation, on ne me demanderait jamais de monter ici. Je ne suis pas idiot, dit-il en se laissant tomber dans le fauteuil en face du canapé. Bonjour, Lillie. Bien dormi ?

Lillie descendit des genoux de Jim et croisa soigneusement les genoux pour s'installer à ses côtés.

— Bien sûr. Je te remercie d'avoir demandé.

Le regard de Damon se posa sur elle, remarquant la chemise et les jambes nues. Son sourire s'effaça légèrement, mais seul Jim, qui le connaissait très bien, le remarqua.

Quelque chose clochait.

Puis le sourire charmeur du loup revint.

— Aucun de vous n'est prêt pour le petit-déjeuner. Pourquoi n'irais-tu pas t'habiller, Lillie ? J'ai besoin de discuter un moment avec l'homme-grizzly.

— Bien sûr, dit-elle volontiers, se levant du canapé.

Jim l'attrapa par la taille et la fit retomber sur ses genoux.

— Tu n'as pas dit au revoir, la gronda-t-il.

Ses yeux pétillèrent quand elle posa les lèvres sur sa joue.

— Merci de m'avoir brossé les cheveux. Et merci pour la chemise.

Ses lèvres se déplacèrent le long de sa joue pour effleurer le coin de sa bouche, un contact léger comme les ailes d'un papillon avant qu'elle ne s'éloigne, quitte ses genoux et se glisse dans sa chambre.

Il la regardait toujours quand Damon s'éclaircit la gorge avant de parler assez doucement pour que Lillie n'entende pas.

— Deux nuits d'affilée ? Tu n'es pas encore prêt à l'échanger contre un nouveau modèle ?

Jim jeta un regard noir à son ami.

— Décide-toi. N'as-tu pas affirmé que je devrais prendre du repos et trouver quelqu'un à m'envoyer ? Il me semble que c'est ce que tu as dit.

— Ça l'était, et ça l'est toujours, répondit Damon en croisant les bras, l'air inquiet. Et je sais que tu aimes les femmes. Seulement, il y a quelque chose de différent, cette fois. Tu as l'air de t'enfoncer très profondément, très vite.

Jim ne put s'en empêcher. Un éclat de rire lui échappa.

Damon lui balança un coussin à travers la pièce.

— Et tu dis que j'ai l'esprit mal tourné.

— C'est le cas, confirma Jim. Pourquoi es-tu à ce point préoccupé par le fait que je trouve quelqu'un qui soulage mes pulsions ?

— Est-ce qu'elle t'a dit autre chose sur l'endroit d'où elle vient ? Ou pourquoi elle est là ?

Jim leva les yeux au ciel.

— Pourquoi ? Tu crois que c'est une meurtrière à la hache masquée ou quelque chose comme ça ?

— Elle pourrait l'être. Tu n'as aucun moyen de le savoir.

— Je devrais peut-être fouiller ses bagages et voir

combien de lames empoisonnées elle transporte, dit Jim avec un geste vers les bagages dans le coin.

Damon écarquilla les yeux.

— Peut-être que tu devrais…

— Arrête-toi tout de suite.

Son ami se figea au moment de se lever dans une position de flexion des jambes inclinée bizarrement.

Jim lui lança un regard méchant.

— Ne touche pas à ses affaires. Non, je n'ai pas essayé de lui soutirer d'autres informations, parce que franchement, ça ne me regarde pas. Nous passons du bon temps ensemble pendant quelques jours, et vendredi, elle partira de son côté, et moi j'irai dans les collines. Tu piges ?

Un long silence s'ensuivit tandis que Damon se mettait à faire les cent pas dans la pièce.

— Je pense que tu dois faire preuve d'intelligence à ce sujet.

— Je comprends, insista Jim. Et tu as de bonnes intentions, mais tu fais fausse route. Elle est ici pour passer un bon moment. Je passe un *très* bon moment… Sans commentaire. Merci de t'inquiéter pour moi.

— Message bien reçu. Je ne dirai plus un mot sur le sujet, répondit Damon en posant les mains sur le dossier du canapé avant de se pencher. Par curiosité… Tu as toujours la pièce ?

Oh, merde alors !

Jim se leva et se dirigea vers le bureau devant la fenêtre. Il ouvrit le tiroir du milieu plus violemment que nécessaire, glissa la main dedans et en sortit Dame Chance. Elle était là où Damon l'avait laissée l'autre jour. Il leva la main en l'air, la pièce bien visible.

— Satisfait ? demanda-t-il, parlant toujours à voix basse. À moins que tu veuilles en tester l'authenticité ? Parce que, tu sais, peut-être qu'au cours des cinq minutes où elle et moi n'avons pas été ensemble ici dans l'appartement, elle a réussi à faire une copie exacte à partir de mèches de ses cheveux, et que c'est ce que je tiens.

Il secoua l'étui en plastique, et la pièce se mit à cliqueter bruyamment.

— Tout ce que je dis, murmura Damon en se rapprochant, c'est que si tu étais à ma place, tu me dirais de garder la tête froide. Il y a quelque chose qui cloche ici.

— Et c'est ton instinct de loup qui parle ?

— Peut-être, répondit Damon avant d'adoucir son ton, peut-être que c'est parce que je suis un ami, et que je ne veux pas te voir souffrir.

Jim respira lentement, laissant échapper sa frustration en même temps qu'il expirait. Il réduisit la distance entre lui et son ami.

— Je vais te dire, fit-il en donnant Dame Chance à Damon. De toute façon, on doit la donner au juge. Pourquoi ne pas organiser ça ce matin, en plus d'établir les règles du jeu ? Où on doit se présenter, ce qu'on apporte pour prouver qu'on a relevé le défi, toutes ces conneries. On le fait aujourd'hui, ce sera toujours une chose de moins dont on devra s'inquiéter.

— Pas de problème. Je ferai n'importe quoi pour toi.

Damon prit la pièce avec respect, comme si on lui offrait quelque chose de précieux. Il fit un regard en coin à Jim.

— Désolé de m'être comporté en crétin. Je ne sais pas pourquoi je suis aussi nerveux à son sujet.

Jim posa les mains sur les épaules de Damon et s'accrocha fermement.

J'apprécie ta prévenance, plus que tu ne le penses. Tu as été un roc dans ma vie, Damon, et je ne te le dis pas assez souvent. Tout va vraiment bien.

Damon lui donna une tape dans le dos, et Jim le serra encore plus fort, et ils finirent par faire ce truc de mec où ils se frappent presque jusqu'à tomber par terre plutôt que de se faire un câlin.

C'était ce qui se rapprochait le plus des mots « je t'aime » pour deux meilleurs amis.

— Vous êtes sûr qu'il y a assez de tissu sur cette tenue pour que je ne me fasse pas arrêter pour exhibitionnisme ?

La femme qui aidait Lillie à enfiler son costume de danse fit bruyamment claquer son chewing-gum. Son rouge à lèvres rouge vif contrastait fortement avec ses dents blanches étincelantes.

— Oh, tu es parfaite, chérie. Attends d'essayer sur scène ces mouvements que tu as pratiqués en studio.

Un frisson parcourut Lillie.

— Il n'y a pas de véritable public, n'est-ce pas ? demanda-t-elle pour la cinquième fois.

— Bien sûr que non. Tu es loin d'être prête pour un spectacle, mais c'est une bonne chose d'essayer de monter sur scène pour le plaisir. Pour voir si tu en as appris suffisamment pour pouvoir faire une danse sexy pour cette personne particulière.

Sylvia fit un clin d'œil en ajustant le minuscule soutien-gorge sur les seins de Lillie, en tirant sur les glands stratégiquement placés pour former des lignes sans nœuds.

— Et cette personne spéciale là-bas, tu ne pourras pas la voir, pas vraiment. Nous allumons les projecteurs comme sur une scène. Non, fais juste la routine que nous t'avons apprise, et si tu as des problèmes, regarde dans le coin droit, il y a une vidéo qui passe pour t'aider.

Lillie inspira à fond.

— C'était amusant.

— Bien sûr que oui ! répondit Sylvia en lissant le short minimaliste que portait Lillie. Non seulement je suis une prof fabuleuse, mais il s'agit d'entrer en contact avec la bête sensuelle qui est en toi.

Cela ne paraissait pas approprié de ricaner.

C'était tout à fait le genre d'histoire qu'elle voulait partager avec Addie. Son amie aurait été ravie de voir sa petite Lillie timide sur scène.

— Par ici. Tu peux utiliser la barre sur la gauche. La musique débutera une fois que tu seras en place. Et souviens-toi. Il n'y a rien que tu ne puisses faire dans cette routine. Il s'agit de s'amuser et de célébrer ta sexualité. Laisse la déesse qui est en toi se déverser et célébrer ta féminité.

Lillie fut prise d'une crise de fou rire qu'elle s'efforça vaillamment de maîtriser.

Elle avait beau aimer sa sexualité, elle n'avait pas l'habitude d'en parler en ces termes. S'avançant sur la scène en bois, ses bottes à talons hauts claquant contre la surface, elle s'inquiétait plus de garder son équilibre que de se pavaner.

Pourtant, les leçons de danse avaient été une partie de plaisir. Les projecteurs braqués sur elle empêchaient de voir le public, et lorsqu'un autre spot s'alluma, cette fois avec une lumière rouge, Lillie se laissa aller au fantasme.

Elle était à deux jours de devoir affronter son destin. Deux jours de plus à être la Lillie sauvage et libre avec le Jim sexy qui était assis dans l'auditorium vide et qui la regardait.

Même cette pensée ne suffit pas à la rendre nerveuse. Elle enroula sa main droite autour de la barre et se plaçait à côté. Menton relevé, jambes écartées à la largeur des épaules, elle regarda droit devant elle comme Sylvia le lui avait appris et fit comme si personne n'était là.

Personne d'autre ne comptait en dehors d'elle... *et de Jim.*

La musique démarra. Lente et teintée de blues, avec beaucoup de sons de cuivres graves qui se répercutaient sur le haut plafond de la scène. Lillie exécutait les premiers mouvements dont Sylvia avait fait la démonstration, faisant le tour de la barre et se concentrant tandis qu'elle se déhanchait et prenait différentes poses.

Après les premiers instants, il s'agissait moins de reproduire exactement ce qu'on lui avait enseigné que de se glisser dans une zone de bonheur, vibrant au rythme de la musique avec plus d'une partie du corps à la fois.

Elle s'accroupit puis tourna autour de la barre, étirant ses jambes et revenant à la verticale avec son corps assez proche pour entrer en contact avec le métal froid. Elle ajouta une cambrure. Ses longs cheveux retombaient lâchement sur ses épaules pendant qu'elle dansait, effleurant sa peau avec une sensualité aguichante.

Les lumières se firent plus brûlantes, et la barre se réchauffa sous ses mains. Elle était heureuse que sa tenue ait si peu de tissu, car elle transpirait beaucoup. Ses pieds restaient dans un rayon de trente centimètres autour de la barre métallique solide.

Tout était centré sur elle.

Elle enroula une jambe autour, faisant glisser ses mains jusqu'à ses seins et au-delà jusqu'à ce qu'elle atteigne le plafond, cambrée en arrière et retenue uniquement par l'unique point de connexion.

Même avec le volume de la musique qui palpitait

autour d'elle, elle aurait juré avoir entendu un grognement dans le public.

La chaleur dans la pièce grimpa en flèche.

Jim.

Il était là. Et peu importait ce que Sylvia avait dit, que c'était une danse pour que Lillie célèbre sa sexualité, elle connaissait la vérité. C'était aussi une danse pour lui.

Un remerciement pour avoir pris le temps de la protéger et d'apaiser ses craintes. Son voyage tout entier aurait pu se dérouler très différemment. Addie avait raison à ce sujet, et ce n'était qu'un coup de chance que Lillie n'ait pas fini dans une situation désespérée.

Elle se remit donc à la verticale en baissant les yeux, cherchant où il pouvait être. Elle défit un autre bouton-pression de son soutien-gorge et laissa apparaître davantage sa poitrine.

Les derniers mouvements de la chanson approchaient, et Lillie mit tout son cœur et toute son âme dans ses mouvements. Elle dansait pour elle, oui, mais elle dansait pour lui aussi.

Lorsque la musique s'arrêta et que les lumières s'éteignirent, le cœur de Lillie continua de palpiter, et elle lutta pour reprendre son souffle.

Personne ne l'accueillit avec des applaudissements nourris, des huées ou des sifflets. En fait, c'était sinistrement silencieux, alors qu'elle était certaine d'avoir entendu Jim plus tôt.

Elle était trop stimulée par le succès de son aventure pour être déçue longtemps, et elle se tourna vers le fond de la salle, se dirigeant vers la faible lueur indiquant le chemin hors de la scène.

Cela avait été absolument incroyable.

Elle franchit le rideau, et ses pieds quittèrent le sol.

— Tu l'as fait exprès, gronda Jim en la portant rapidement hors de la scène et le long d'un couloir sombre. Tu ne m'as pas dit quel genre de danse tu faisais. Je suis resté assis dans le noir en pensant que tu allais venir et te pavaner sur la scène, ou faire un cancan, ou une autre bêtise du genre. Mais non, tu as décidé de me rendre fou.

Oups.

— Tu as aimé ?

Il grogna, et les poils des bras de Lillie se hérissèrent.

Il poussa une porte, la claqua derrière eux et enclencha la serrure.

— Je veux te sauter, lui dit-il.

Pour elle, ce n'était pas une question, et il ne demandait pas son approbation. C'était plutôt un avertissement alors qu'il la gardait dans ses bras et la portait dans le coin le plus éloigné de la pièce.

Il la déposa sur quelque chose de froid et de dur, plaquant ses mains de part et d'autre de ses hanches alors qu'il se penchait nez à nez avec elle.

— Je veux te sauter *tout de suite*.

Il posa les mains sur les boutons de son soutien-gorge qu'il lui retira et jeta de côté. Il attrapa le bas du bikini et le lui retira, le tissu déchiqueté flottant jusqu'au sol alors qu'il ouvrait brutalement son pantalon et libérait son érection.

Les rideaux à côté d'eux étaient entrouverts, assez pour distinguer les particules de poussière flottant dans l'air pendant qu'il écartait ses genoux et écrasait leurs corps l'un contre l'autre.

Il posa ses lèvres sur celles de Lillie, ses mains sur ses seins, titillant et tirant sur ses mamelons jusqu'à ce qu'elle halète dans sa bouche.

Il se baissa pour les lécher, un côté puis l'autre. Lillie s'appuya sur ses bras pendant qu'il descendait le long de son corps. Il attrapa ses chevilles et les remonta près de ses hanches une seconde avant de poser sa bouche sur son sexe.

Danser avait fait office des préliminaires dont elle avait besoin, mais ça ? Il était hors de question pour elle de refuser. Il la dévorait avec avidité, la léchant goulûment jusqu'à ce qu'elle se tortille. Sa langue cibla son clitoris, et un plaisir intense débuta comme une flèche enflammée, embrasant le reste de son corps.

L'orgasme vint rapidement. Elle s'embrasa complètement, il ne restait plus que des cendres d'elle. Il souffla, et les braises rougeoyèrent tandis que son corps était secoué par de multiples répliques.

Elle s'envola à nouveau, brièvement. Elle bascula sur le ventre, ses pieds se balançant au-dessus du sol. Ses fesses dépassaient du bord de la surface en bois dur. Pour la première fois, elle vit clairement où elle était : étalée sur la finition satinée d'un piano à queue.

— Oh, bon sang ! Et si quelqu'un entre dans la pièce ?

Ses mains étaient fermes sur ses hanches lorsqu'il la tira en arrière ; la longueur brûlante de son érection était dure comme de la pierre contre ses fesses lorsqu'il se pencha et posa ses lèvres près de son oreille.

— Si quelqu'un arrive, mieux vaut qu'il s'attende à voir un spectacle très vivant.

Il s'aligna sur son sexe et s'enfonça profondément. Elle en perdit le souffle.

— Oh, mon Dieu !

— Jim suffira.

Il se retira lentement, si lentement qu'elle gémit pendant ce qui lui sembla durer une minute. Ce qui était une erreur, car lorsqu'il s'enfonça à nouveau, elle n'avait plus d'air dans les poumons, et aucun moyen de reprendre son souffle.

Elle était incapable de coordonner sa respiration, ses poumons manquant d'oxygène, mais elle s'en fichait parce qu'il bougeait plus vite. Quand il s'enfonçait, ses jambes se balançaient en l'air et son aine claquait contre ses fesses. Les bruits du sexe et leurs respirations laborieuses résonnaient dans le silence de la pièce.

Et quand il jouit, ce fut avec un rugissement qui brisa le silence, et fit s'emballer le cœur de Lillie une fois encore.

Sa joue chaude reposait sur le bois froid du piano, ses cheveux ébouriffés étaient étalés partout. Le voile de sueur sur sa peau commençait à sécher, et lorsqu'il se libéra, elle se rendit compte qu'elle était dans un piteux état.

Elle s'en fichait complètement. Elle se retourna avec empressement lorsqu'il l'aida à s'asseoir sur le dessus du piano. Il l'entoura de ses bras, posant une main ferme sur sa nuque et prenant ses lèvres dans un dernier baiser. Tendre cette fois, doux.

Comme si leur sauvagerie avait été épuisée pour ne laisser que le pur plaisir, joyeusement partagé entre eux.

8

Des bruits d'éclaboussures s'échappaient de la salle de bains en même temps qu'un air grivois interprété dans un alto étonnamment précis. Jim se surprit à taper des doigts au rythme de la chanson de Lillie, et mit de côté le journal qu'il avait tenté de lire.

Cela n'avait aucun sens de perdre son temps dans le salon, alors que ce qu'il voulait, c'était le passer avec Lillie.

Il frappa sur la porte entrouverte et la chanson s'arrêta brusquement.

— Je peux entrer ?

D'autres éclaboussures.

— Euh... je suis dans la baignoire.

La pure innocence dans sa voix ne fit qu'agrandir le sourire de Jim.

— C'était ce que je pensais. C'est en partie la raison pour laquelle je veux venir.

Lillie éclata de rire.

— Eh bien, il me semble que c'est ta salle de bains.

Il avait commencé à bouger dès qu'elle avait prononcé

le premier mot d'approbation, se dirigeant vers le bord de la baignoire et contemplant une véritable vision.

Il y avait quelque chose chez cette femme qui le ravissait au plus haut point. À peine quelques heures plus tôt, ils avaient vécu la plus incroyable expérience sexuelle au club de danse, et il avait déjà envie d'elle à nouveau. Et pourtant, appuyé sur le comptoir, il était ravi de croiser les bras et de se contenter de la regarder à sa guise.

Elle avait rassemblé ses cheveux sur le dessus de sa tête, et même sous l'éclairage tamisé de la salle, les reflets cuivrés scintillaient lorsqu'elle bougeait. La baignoire à pattes de lions était remplie presque à ras bord, et ses pieds étaient loin d'en atteindre le bout. Ses bras étaient étendus sur les côtés, probablement pour tenter de s'empêcher de glisser sous la surface.

Pas de bulles pour bloquer la vue du paradis qui se relaxait devant lui. Ses seins ondulaient à la surface de l'eau, son dos était légèrement cambré. Un parfait modèle pour artiste avec une jambe fléchie, l'autre allongée. La courbe de son ventre mince descendait jusqu'à un triangle soigné de boucles rousses.

Ses ongles de pieds étaient vernis de bleu.

Il l'avait déjà vue nue un certain nombre de fois, et chaque fois, il appréciait davantage.

Lillie reposa sa tête sur le bord de la baignoire, et son corps se mit à flotter.

— As-tu décidé où nous allions dîner ?

— On reste ici.

Les mots étaient sortis tous seuls, sans prévenir. Il ne savait pas vraiment d'où lui était venue cette idée, mais elle était parfaite.

— Si tu n'as pas d'idée précise, on peut rester tranquilles. Traîner ici, peut-être regarder un film.

Elle cligna de ses yeux noisette, se remit à la verticale et hocha lentement la tête.

— D'accord. En fait, tu sais, j'aimerais beaucoup ça.

— Bien, dit-il.

Il s'agenouilla à côté de la baignoire et fit glisser ses doigts dans l'eau avant de les retirer aussitôt quand il manqua de s'ébouillanter.

— Bon sang, ma belle, comment peux-tu supporter une eau si chaude ?

Lillie ouvrit la bouche pour répondre... et fit une pause. Elle battit des cils et il se demanda si elle évitait de partager quelque chose de personnel.

Le manque d'informations entre eux passa d'une simple nécessité logique à un fardeau indésirable, et soudain, il ne désirait rien de plus que de la voir partager. Il avait besoin d'en savoir plus sur elle. Il voulait qu'elle en apprenne plus sur lui.

Attention, attention. Il ne reste que deux jours avant la course. Ne fais pas de bêtises.

Jim n'attendit pas de savoir ce qu'allait suggérer en retour l'autre moitié de sa psyché. Il voulait... plus. Il ne savait pas de quoi, mais ils pourraient le découvrir au fur et à mesure.

Ses divagations mentales avaient duré quelques secondes, car lorsqu'il se concentra, à nouveau, elle s'était tournée vers lui, le teint rose et le sourire aux lèvres.

— Tu rêvasses, le taquina-t-elle.

— Effectivement, et c'est horrible, parce que je n'ai pas besoin de rêver quand tu es juste là devant moi.

Il prit les doigts de Lillie dans sa main et les porta à sa bouche.

Des gouttes d'eau tombèrent lorsqu'il pressa ses lèvres sur ses jointures, et elle soupira.

— J'adore quand tu fais ça. Ce truc du baiser sur les jointures, ça me fait toujours craquer.

Jim lui serra les doigts.

— J'aime ça aussi.

— Manifestement, tu es un individu bien équilibré et brillant, dit-elle en haussant un sourcil. Vas-tu me laisser sortir de la baignoire ? À moins que tu ne veuilles te joindre à moi ?

— C'est tentant... dit-il, et c'était la vérité. Mais je crois que je vais aller m'occuper des préparatifs du dîner. Tu as des demandes ? Tu peux avoir tout ce que tu veux. Même les meilleurs restaurants de la région livrent.

Elle se redressa sur ses genoux, appuya ses mains sur le bord de la baignoire et pressa ses lèvres contre les siennes pour un bref baiser charmeur.

— Tu vas penser que c'est idiot.

— Tente toujours.

Lillie lui accorda à nouveau un de ces baisers doux, avant de se mettre hors de portée.

— De la pizza ? Un truc un peu fort ?

Il pouvait le faire.

— Une pizza avec un truc un peu fort.

Il lui jeta un dernier regard appréciateur avant de la quitter, et la chanson se mit en marche comme si l'oiseau bleu du bonheur avait envahi sa suite.

Elle ne chantait pas lorsqu'elle le rejoignit, mais une autre de ses chemises blanches unies surdimensionnées avait trouvé son chemin depuis son armoire sur sa petite silhouette. Ça ne le dérangeait pas du tout. Elles lui allaient mieux qu'à lui.

Jim tendit une main, et elle le rejoignit, enroulant ses doigts autour des siens et le serrant fort.

— Tu as regardé les films ? lui demanda-t-il en la

guidant jusqu'au canapé pour la faire asseoir, lui donnant la télécommande au passage. Laisse-moi aller chercher quelque chose à boire, et tu t'occupes de ça.

Lillie poussa un cri de stupéfaction exagéré.

— Ce n'est quand même pas la télécommande ! Si ? Vraiment ?

Elle était presque aussi diabolique que Damon.

— Tu voulais choisir le film ce soir ou tu voulais que je le fasse ?

Elle serra la télécommande contre sa poitrine et se balança doucement.

— Je la chérirai pour toujours.

— Tu n'as même jamais regardé la télé avec moi. Qu'est-ce qui te fait croire que je suis du genre à ne pas céder la télécommande ?

— Tu es un mec.

— Les femmes monopolisent aussi les télécommandes.

Elle fit légèrement claquer sa langue.

— Les statistiques semblent indiquer que dans neuf cas sur dix de dépendance à la télécommande, l'écrasante majorité des victimes sont des hommes.

Elle lui lança un sourire radieux et se tourna vers la télévision, alluma l'appareil puis glissa la télécommande dans son décolleté.

— Si c'est là que vous stockez les télécommandes, pas étonnant que les hommes veuillent mettre la main dessus.

Ils rirent beaucoup trop ensuite, jusqu'à ce que les joues de Jim en soient presque douloureuses. Elle leur trouva une émission à regarder. La pizza arriva. Les trois heures suivantes passèrent en un battement de cil. Jim ne se souvenait pas s'être autant amusé sans avoir recours au sexe depuis longtemps.

Elle soulignait les failles de l'intrigue dans le film ; Jim se faisait toujours incendier par Damon pour l'avoir fait. À un moment donné, ils étaient tellement absorbés par leur discussion sur ce qui avait fait débarquer le requin dans le film qu'ils avaient dû rembobiner pour se mettre au diapason du reste de l'action.

Il avait commandé trois pizzas, heureux de voir qu'elle n'avait aucun scrupule à manger copieusement. Chaque fois qu'elle ouvrait la boîte pour elle, elle prenait une nouvelle tranche pour lui et la déposait dans son assiette. Elle était aussi allée ouvrir son frigo et avait fouillé jusqu'à ce qu'elle trouve quelque chose de vert et feuillu. Elle en mit aussi dans son assiette, et quand il fit la grimace, elle tapa du pied et refusa de lui donner plus de pizza tant qu'il n'aurait pas mangé ses légumes.

Elle fit des bulles dans son soda. Elle le chatouilla pour le faire bouger, et avoir plus de place sur le canapé.

Jim Halcyon n'était pas sûr de ce qui se passait, mais il aimait ça.

Le temps du film se mua en temps de discussion, et le générique de fin défila sans qu'ils s'en aperçoivent tandis qu'ils débattaient de la réalisation. Elle était intelligente et le faisait réfléchir lorsqu'elle soulignait des inégalités dans le casting qu'il n'avait pas remarquées.

Ils s'installèrent devant les fenêtres, car la température avait trop baissé pour que Lillie puisse rester confortablement assise sur le balcon seulement vêtue de sa chemise. Et il n'avait pas l'intention de lui suggérer d'enfiler d'autres vêtements.

Ils voyaient quand même la fontaine. Elle se blottit affectueusement contre lui, de cette manière qu'il avait appris à aimer. C'était une émotion authentique, toute sa timide appréhension s'était évaporée ; il avait gagné sa confiance.

— Je pense que ma mère aimerait la fontaine, lui dit Lillie, mais il est impossible que mon père vienne un jour à Vegas.

C'était quelque chose de personnel.

De très personnel, qui touchait la famille, et Jim s'inquiéta d'aller trop loin. Mais il devait prendre le risque.

— Il n'aime pas les jeux d'argent ?

— Il n'aime pas…

Elle fronça les sourcils. Cette fois, ce n'était pas comme si elle essayait de garder des secrets, mais plutôt qu'elle cherchait la meilleure manière de l'expliquer.

— Papa aime la routine, et être à la maison. Et ma mère aussi, mais elle est plus disposée à essayer de nouvelles choses que lui. C'est elle qui a déménagé pour être avec lui. Il a vécu toute sa vie dans la même communauté.

Situation normale pour des ours. Ses parents avaient connu la même chose, mais ils avaient ensuite découvert qu'ils aimaient tous les deux voyager. Et qu'ils s'appréciaient, ce qui n'était pas toujours le cas.

Jim caressa les doigts de la jeune femme là où ils reposaient sur sa cuisse.

— Est-ce qu'ils sont heureux ?

Elle hocha la tête.

— Plutôt, oui. Leur vie n'a rien d'éblouissant ou d'excitant, mais tu sais, elle n'est pas non plus ennuyeuse. C'est ce qu'ils ont choisi, et oui, je suppose qu'ils sont heureux.

Le bonheur. Une chose si insaisissable.

Jim savait comment rendre son ours heureux, et comment rendre son sexe heureux. Il savait comment conclure une affaire d'une manière qui rendait son compte bancaire heureux, mais il n'était pas certain de savoir comment simplement *être* heureux.

— Tu sais, cette virée que je fais avec Damon vendredi ?

— Votre truc annuel spécial ? Ce n'est pas toujours une virée, n'est-ce pas ?

— Pas du tout. Mais chaque année, c'est un pari. Une chance de gagner la belle pièce que nous avons achetée ensemble quand nous étions jeunes.

Ses yeux s'illuminèrent.

— Cela semble amusant. Ça me fait plaisir que tu aies quelque chose à attendre avec impatience.

Elle s'assit bien droite, se tourna pour lui faire face et lui caressa les épaules.

— Les traditions peuvent être très excitantes.

En un clin d'œil, toute la lumière disparut de ses yeux vert noisette, les rendant apathiques et tristes. Il était sur le point de demander ce qui s'était passé quand elle se secoua, retrouvant son enthousiasme habituel et exigeant qu'il termine son commentaire.

— Qu'en est-il de ta virée ?

Il fit glisser ses doigts sur ceux de Lillie. Il avait besoin de ce contact.

— La pièce ne vaut pas grand-chose, pas vraiment. Mais c'est comme un talisman porte-bonheur, et celui qui gagne la course peut la garder pour l'année suivante.

Lillie hocha la tête, l'air soudain inquiet.

— Tu sais, ça n'existe pas vraiment, les pièces porte-bonheur, ou les formules magiques, ou n'importe quoi du même genre qui puisse changer ta vie.

Il éclata de rire.

— On dirait que vous avez répété, avec Damon. Oui, je sais que la chance, c'est en réalité un mélange savant de travail acharné et de bon timing. Et je ne recherche pas la chance, pas vraiment.

À moins que... ?

— Peut-être que j'ai juste besoin d'avoir une occasion d'opérer un changement. Un moment dans le temps où je me dis « maintenant, les choses seront différentes ».

— Est-ce que ta vie est si horrible que ça maintenant ? lui demanda-t-elle avant de plaquer brièvement les mains sur sa bouche. Je suis désolée, c'est vraiment présomptueux de ma part. Et je n'essaie pas de fourrer mon nez là où il ne faut pas, mais il me semble que ces derniers jours, nous avons passé de bons moments, et que tu es un type formidable. Pourquoi faudrait-il que les choses passent un tournant ?

Pour Jim, caresser la peau de Lillie était plus efficace qu'un massage complet du corps, ou un litre de whisky. C'était comme si elle répandait le confort par osmose.

— L'année a été difficile. J'ai perdu mes parents en mai dernier.

Elle émit un petit bruit, et effleura doucement ses mains des siennes.

— Je suis vraiment désolée. Un accident ?

— Un effondrement. Ils étaient sur un site archéologique dans le nord de la Russie. Ce n'était pas leur métier, mais leur passion. Un très ancien site de métamorphes, donc très peu connu en termes de développement et de nouvelles. Cette semaine-là, j'étais là en visite.

Cela lui faisait bien trop de souvenirs à retenir. Il les dépassa et laissa les mots s'échapper.

— Mon père m'avait emmené dans la grotte pour me la faire visiter quand une secousse s'est produite. Nous avions la lumière du jour devant nous, l'entrée était tellement proche... Il m'a poussé devant lui, et au beau milieu du chaos, j'ai simplement couru. Je le croyais juste derrière moi. Quand j'ai jeté un coup d'œil en arrière, il avait fait demi-tour. Il était retourné chercher ma mère. Je ne savais pas qu'elle travaillait plus loin dans la zone de fouilles.

Il aurait eu moins de mal à continuer s'il n'avait pas pu voir le visage de Lillie. Mais elle était là, les larmes aux yeux.

Ce qui lui rendait la tâche d'empêcher son chagrin de remonter sacrément difficile.

— Aucun des deux ne s'en est sorti ? murmura-t-elle.

Il secoua la tête.

— Je suis resté moi-même piégé pendant trois jours. Quand nous avons enfin creusé assez loin pour trouver leurs corps, ils étaient déjà partis. Ils avaient les bras enroulés l'un autour de l'autre comme s'ils avaient refusé de se lâcher, même dans la mort.

Lillie pleurait, des larmes ruisselant en silence sur ses joues alors qu'elle se glissait sur ses genoux et lui offrait du réconfort.

Il resta assis là, à la tenir dans ses bras. Il songea à tout ce qu'il avait accompli au fil des ans. Les tours qu'il avait joués, les bêtises et les plaisanteries et...

Certaines des choses auxquelles il avait consacré du temps lui paraissaient insensées, mais comme Lillie l'avait fait remarquer avec ses parents, il avait choisi de faire ces choses. Et cela rendait sa vie meilleure dans un sens.

Tout en la rendant vide.

— Si un jour je trouve le genre d'amour que mes parents avaient, je n'aurais pas besoin de Dame Chance. Parce qu'ils avaient quelque chose de plus précieux, de plus estimable et de beaucoup, beaucoup plus rare que n'importe quelle pièce porte-bonheur.

9

Elle se réveilla plus tôt que lui, comme tous les autres matins. Cette fois, au lieu de s'éloigner en se faufilant aussi silencieusement que possible, elle ne bougea pas. Elle resta à son visage en se demandant comment elle allait pouvoir survivre.

Elle était tombée amoureuse.

Ce n'était *pas* censé arriver. D'après les règles de la « dernière aventure », il était question de passer du bon temps, et de beaucoup de sexe. Point barre.

Elle n'était même pas capable d'avoir une aventure dans les règles de l'art.

Jim roula sur le côté et l'entoura de ses bras de manière possessive. Leurs membres étaient enchevêtrés, une de ses grandes cuisses glissée entre les siennes. Elle ignorait s'il essayait de l'empêcher de s'enfuir, mais même le plaisir de l'imaginer disparut lorsqu'elle s'aperçut que c'était le dernier matin où elle pouvait envisager de se faufiler hors de son lit.

Addie l'avait prévenue qu'elle avait le cœur trop tendre.

Savoir que son amie serait triste d'avoir eu raison n'arrangeait rien à la situation.

Lillie caressa le visage de Jim, glissa ses doigts dans ses cheveux et savoura le grattement de sa barbe du matin contre sa paume. Elle avait envie de se pencher sur lui et de l'embrasser, mais il risquait alors de se réveiller et de lui faire l'amour, comme il l'avait fait la nuit dernière après lui avoir parlé de son deuil.

Il s'était montré si tendre, si attentionné et...

Et s'il recommençait, elle ne pensait pas pouvoir s'empêcher de laisser échapper son terrible secret.

Elle était la plus grande idiote de Vegas, et ce n'était pas peu dire.

C'était inutile. Elle se retira de sous lui. Jim se plaignit doucement, mais sans se réveiller.

Lillie enfila sa chemise parce qu'elle ne supportait pas de ne pas avoir son odeur autour d'elle. Elle se demanda combien de temps elle conserverait son odeur après son départ, si elle embarquait le vêtement.

Elle ouvrit son ordinateur, allant directement sur sa messagerie. Elle reçut aussitôt un message d'Addie. Lillie le fixa, se demandant si son amie avait un dispositif de suivi qui lui permettait de savoir exactement quand lui administrer un rapide coup de pied.

Comment vas-tu, ma belle ?

Y avait-il au moins une réponse à cette question ? *Tu as raison, je ne suis pas faite pour avoir une aventure.*

Il y eut un silence pendant un moment le temps que sa meilleure amie comprenne de quoi elle parlait.

Oh, ma chérie. Je suis vraiment désolée.

Ce n'est rien. Ça va aller.

Tu veux que je fasse quelque chose ? Tu as besoin que j'appelle quelqu'un, ou que je prenne l'avion pour botter le derrière de quelqu'un ? Parce que je suis là pour toi. Je le suis vraiment. Tu mérites d'être heureuse, ma chérie.

Et à cet instant précis, le cœur de Lillie manqua un battement. Elle se leva de derrière son ordinateur et se mit à faire les cent pas dans la pièce.

La vache. Addie avait raison.

Elle méritait *vraiment* d'être heureuse. Il n'y avait pas de raison qu'elle ne trouve pas un moyen de prendre tout le bonheur qu'elle avait connu cette dernière semaine et d'en faire quelque chose de permanent.

Ce n'était pas comme si elle allait retrouver l'amour de sa vie. Au diable les rituels et la routine ! Si elle n'avait pas trouvé Jim, alors elle aurait pu suivre la tradition.

Mais elle *avait* trouvé Jim.

Seulement... elle n'avait pas la certitude qu'il ressentait la même chose pour elle. Allait-elle gâcher son avenir et potentiellement énerver quelques gros bonnets, ainsi que ses parents, juste au cas où le grand grizzly aurait envie d'elle pour plus qu'une simple aventure ?

Sans hésiter. Bon sang, elle allait tenter sa chance.

Elle courut jusqu'à son ordinateur et se déconnecta si vite qu'elle fut certaine qu'Addie allait envoyer des messages toutes les cinq minutes jusqu'à ce qu'elle réponde.

Et Lillie lui en dirait plus une fois qu'elle serait en sécurité dans l'avion.

Même si elle n'était pas sûre que Jim la voulût, elle savait maintenant ce que c'était que de tomber amoureuse, et il était hors de question qu'elle abandonne ça. Pour rien au monde.

Et s'il s'avérait qu'au bout du compte, Jim ne voulait qu'une simple aventure ? Elle se comporterait en adulte et accepterait...

Des petites sirènes se déclenchèrent aussitôt dans ta

tête. *Wouhouuuu, wouhouuuu, alerte conneries !*

Non, elle n'accepterait rien du tout, sauf que Jim tombe à cent pour cent et totalement raide dingue d'elle. Peu importait le temps que cela prendrait.

En attendant, elle avait un contrat à rompre. Elle était arrivée à la croisée des chemins, et il était temps qu'*elle* choisisse le chemin à suivre.

Elle passa un appel rapide à la réception pour commander un taxi. Puis elle se mit au travail, piratant le registre des vols auquel elle avait accédé cinq jours plus tôt. Parce qu'il lui fallait un moyen de transport pour se rendre où elle allait. Même si ses méthodes étaient un peu illégales.

Cinq minutes plus tard, elle enfilait ses chaussures et son manteau, et prit le petit sac que Jim lui avait acheté. Elle avait le doigt posé sur le bouton d'appel de l'ascenseur lorsqu'elle se rendit compte qu'elle avait encore une tâche à accomplir. Elle fila dans la pièce pour prendre un bloc-notes.

Rien. Comment un homme adulte qui prétendait être un bourreau de travail pouvait-il n'avoir rien sous la main pour laisser un mot ?

Désespérée, elle attrapa les cartons de pizza vides de leur dîner, en retourna une et se servit d'un baume à lèvres coloré pour écrire un message.

J'ai une chose à faire. Je serai partie deux jours au moins. Je sais que ta course commence demain. Amuse-toi bien avec Damon. Je te contacterai quand je pourrai.

Elle avait tellement de choses à lui dire, mais elle manquait de baume à lèvres et de temps. Elle laissa tomber son message sur la table basse et quitta l'appartement en trombe avant qu'il ne se réveille et ne l'arrête.

Parce que la seule solution pour elle, c'était de disparaître pour un court moment.

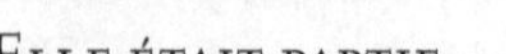

Elle était partie.

Jim se redressa, se demandant comment elle y parvenait chaque matin, mais cette fois, sa perplexité était teintée d'amusement plutôt que de frustration.

Il ne s'était pas réveillé avec des sueurs froides parce qu'il était seul au lit. C'était comme si la présence de Lillie avait persisté auprès de lui, l'aidant à savoir que quelqu'un tenait à lui.

Il était temps d'aller de l'avant.

Damon avait exprimé ses inquiétudes à propos de Lillie, mais il avait surtout raison sur son côté secret. Il était temps pour eux d'en finir avec ça. Jim avait l'intention de découvrir tout ce qu'il y avait à savoir sur Lillie, parce qu'il voulait l'avoir à ses côtés pendant très, très longtemps.

Il entra dans le salon.

Elle n'était pas devant la table basse en train de travailler sur son ordinateur.

Elle n'était pas dans la cuisine en train de faire du café.

Il vérifia la salle de bains et la chambre d'amis, mais elle ne s'y cachait pas non plus.

C'était quoi, ça ?

Puis il repéra la boîte à pizza, un peu plus incrédule alors qu'il lisait son message avec une inquiétude croissante.

Merde, il avait besoin de son téléphone maintenant, ce n'était plus le moment de se tourner les pouces.

Il se dirigea vers le téléphone fixe et pressa quelques boutons.

— Trouvez-moi le téléphone que j'ai commandé et trouvez-moi Damon Black. Dites-lui que j'ai besoin de lui ici tout de suite.

Qu'est-ce que ça pouvait bien vouloir dire, « j'ai une

chose à faire » ? C'était bien pire que de chercher une aiguille dans une botte de foin, car il n'avait pas la moindre idée d'où elle allait. Il s'obligea à s'habiller pour être prêt à courir à tout moment.

Damon et le téléphone arrivèrent en même temps.

— Que s'est-il passé ? On dirait que quelqu'un est mort.

— Elle est partie, dit Jim en se passant une main dans les cheveux. Je me suis réveillé seul et elle est partie et elle a dit qu'elle avait quelque chose à faire, et je suis censé partir avec toi pour cette foutue virée, mais merde, je dois découvrir où elle est.

— Lillie est partie ? demanda Damon, jetant un coup d'œil vers le coin de la pièce, l'air renfrogné. Mais tous ses bagages sont encore là.

Pour la première fois depuis que Jim s'était rendu compte de sa disparition, il put respirer à fond. Très bien, peut-être prévoyait-elle vraiment de revenir.

— Mais où est-elle ? Et si elle avait des ennuis et qu'elle avait besoin de mon aide ?

— Et si... dit Damon en plissant le nez. Écoute. Je sais que je t'ai fait la morale hier, mais tu avais raison. Je n'avais aucune preuve que quelque chose n'allait pas. Et si elle était simplement allée dire à Maman et Papa qu'elle avait l'intention de rester à Vegas pour un moment ? Tu y as pensé ?

Jim était bien trop inquiet pour réfléchir de façon logique.

— Ce serait possible.

— Eh bien, elle a dit qu'elle te contacterait dans quelques jours. Elle s'est montrée plutôt honnête jusqu'à présent, alors peut-être que tu devrais la croire sur parole, insista Damon en tapant dans ses mains. Je vais te dire. On va partir demain, et quand on rentrera...

— Il faut que je sache où elle est, maintenant, rugit Jim.

Il sortit son nouveau téléphone de l'enveloppe que Damon lui avait passée et attendit qu'il s'allume.

Damon lui serra l'épaule.

— D'accord, frangin, vu que tu es dans tous tes états, je vais faire ce que je peux pour t'aider. Hé, comment tu as réussi à récupérer un téléphone ?

— Je l'ai commandé juste après que tu as détruit le mien, idiot.

Un million d'emails se téléchargèrent, sa boîte vocale se remplit entièrement. Jim essaya de se rappeler s'il avait déjà eu le numéro de téléphone de Lillie. Il appuya sur « play » et tint le téléphone près de son oreille pendant qu'il aboyait des ordres à Damon.

— Vérifie auprès de la réception si quelqu'un l'a vue partir. Cela nous donnera au moins quelque chose pour continuer. Ensuite, vérifie...

Le message dans son oreille le détourna de sa tâche en cours. Il s'arrêta une minute entière avant que les jurons ne remontent à la surface et n'éclatent.

— Merde ! *Merde*. Bordel de merde !

Damon fronça les sourcils.

— Quoi ?

— Écoute.

Jim remit le message en marche, regardant l'expression stupéfaite de son ami se muer en consternation à mesure que l'enregistrement se poursuivait.

— Monsieur Halcyon. Nous avons le plaisir de vous informer que nous, le Conseil de planification d'Ursus, avons travaillé assidûment pour vous trouver une partenaire appropriée. Comme vous le savez, votre nom a été ajouté à notre liste lorsque vous avez atteint la majorité, mais compte tenu de l'attention farouche que nous portons au maintien d'un excellent dossier, il a fallu attendre jusqu'à maintenant pour trouver une compagne adaptée à vos besoins particuliers. La semaine dernière, nous avons été contactés par la famille d'une charmante jeune femme qui, selon nous, sera un merveilleux atout pour votre clan. Elle a terminé ses études, et en finalisation de notre contrat, elle est en route pour vous rejoindre.

Nous espérons que cet arrangement vous satisfera, et que votre mariage se déroulera comme prévu dans les meilleurs délais. Si vous avez des questions ou des préoccupations, veuillez contacter le bureau principal du CPU pendant les heures de bureau habituelles. Nous vous remercions de votre confiance. Passez une bonne journée.

Damon et Jim échangèrent des regards horrifiés.

— Tu n'es pas sérieux ! Tu as signé pour un mariage arrangé ? Comment se fait-il que je ne l'aie jamais su ? voulut savoir Damon.

Parce que tu le savais, évidemment. C'est ainsi que les ours ont toujours procédé. Nous n'avons pas de compagnons désignés comme vous, les loups, et si cela ne tenait qu'à nous, tous les ours métamorphes auraient disparu en deux générations. Ils ont donc créé le Conseil pour arranger les mariages.

Jim serra le poing et poussa un grognement, levant les yeux au plafond.

— Je n'ai pas besoin de ça maintenant ! hurla-t-il aux cieux.

— Je ne peux pas imaginer que tu aies besoin de ça à quelque moment que ce soit ! s'étonna Damon. Il y a une femme en route pour chez toi, qui s'attend à t'épouser... Et tu es censé tout laisser tomber et y aller ?

Il semblait à la fois confus, dégoûté et consterné.

Jim prit son manteau et son passeport.

— Normalement, oui. C'est exactement ce que l'on attend de moi.

— C'est complètement dingue.

— C'est comme ça que font la plupart des ours métamorphes, dit Jim lentement, d'un ton calme, luttant contre la colère qui lui prenait les tripes. Je ne veux pas de ça, d'accord ? Oui, la semaine dernière, j'aurais été d'accord avec ça, mais il est hors de question que je laisse tomber tout ce que j'ai maintenant pour aller jouer à la famille heureuse avec une inconnue.

Il enfila ses chaussures.

— Où vas-tu ? lui demanda Damon. Tu ne crois quand même pas encore que tu peux trouver Lillie, n'est-ce pas ?

Il écarquilla les yeux.

— Oh merde. Qu'est-ce que tu vas faire à son sujet ?

— Une chose à la fois. Ce n'est pas la faute de cette femme si elle a été choisie pour être mon épouse. Je ne peux pas simplement lui envoyer un message téléphonique et lui dire de rentrer chez elle. Il est probable que je doive recourir au baratin pour me sortir de ce contrat, mais il *faut* que j'y arrive. En plus, je dois trouver Lillie, mais je ne peux faire qu'une chose à la fois. Et ça veut dire que je dois d'abord me rendre à Whitehorse.

— Sinon, tu pourrais tous les oublier, dire qu'on se fout de tout ça et qu'on part pour un long voyage à moto, suggéra Damon en haussant un sourcil. Dame Chance est toujours en jeu. Je l'ai remise au juge hier, et cet homme ne la donnera pas à quelqu'un qui n'a pas rempli les conditions que nous avons fixées.

Jim s'immobilisa une demi-seconde.

— Au diable Dame Chance.

— Sérieusement ? demanda son ami qui en resta bouche bée. Tu sais pertinemment que tu as plus de chances que moi dans cette épreuve. Ta moto est plus rapide et tu es un meilleur pilote que moi. Tu es vraiment prêt à gâcher ta chance de gagner plutôt que de rester ici un jour de plus, deux au maximum, et d'y arriver ? Je veux dire, la femme qui est chez toi peut rester là pendant des semaines, peu importe.

— Et qu'est-ce que je vais faire quand Lillie reviendra ? Je lui dis que je dois aller parler à la femme que je suis censé épouser, pour pouvoir rompre avec elle ? « Mais reste dans les parages, on sait jamais ». Je devrais être de retour en un rien de temps.

Toute cette situation avait viré à la folie si rapidement que Jim en avait le tournis.

— Non, poursuivit-il. Tu fais cette virée, et tu récupères Dame Chance. Je vais créer ma chance à moi, et obtenir ce que je veux. Et *qui* je veux. Et ce n'est pas cette femme étrangère, c'est Lillie.

— Mais...

— Laisse tomber, Damon. Ce n'est qu'une foutue pièce. Lillie, c'est de la chair, du sang, et de la passion, et je veux bien être damné si je laisse quelque chose se mettre entre nous.

Damon le fixa un long moment avant de secouer la tête.

— D'accord. Je te couvre. Tu retrouves ta fiancée, tu la convaincs de retourner au pays, et pendant ce temps, je ferai de mon mieux pour retrouver ta dame disparue.

Jim lui serra les mains.

— Merci.

— Je ne garantis pas de ne pas la convaincre que je suis un meilleur parti, le taquina Damon, avant d'esquiver le geste hésitant de Jim. Vas-y. Arrange ta vie personnelle merdique, et appelle-moi si tu as besoin de quelque chose. Je te tiendrai au courant.

10

Il aurait dû mettre cinq heures au maximum pour aller de son appartement à l'aéroport McCarran puis à Whitehorse. À la place, il lui fallut deux fois plus de temps pour trouver des moyens de transport. Il avait dû louer un avion privé.

Il avait oublié cette partie des mariages arrangés. Comme le Conseil n'avait pas réussi à le joindre, ils avaient dû contacter son assistante qui avait sans doute ordonné à l'avion Halcyon de venir chercher sa fiancée.

Mais après un tas de tractations et d'échanges d'argent, Jim réussit enfin. La piste enneigée reflétait les lumières clignotantes rouges et blanches des avions alors que le petit jet s'approchait du bâtiment carré à un seul étage qui constituait le terminal principal. Il inspira profondément l'air glacé de l'hiver alors qu'il était transféré au sol, traversant directement le bâtiment pour ressortir et se glisser dans la voiture privée qui l'attendait.

Whitehorse en février. Voilà pourquoi il avait un appartement à Vegas.

Il restait encore trente minutes à tuer alors que la

voiture remontait l'Alaskan Highway depuis le minuscule aéroport de Whitehorse jusqu'à sa maison dans les montagnes. Jim se força à ne pas tambouriner des doigts sur le cuir fin de la sellerie.

Plus tôt dans la journée, il avait convaincu quelqu'un de lui donner un nom. Katharine Lileas Ruadh. Il n'avait jamais entendu parler d'elle ni de son clan, ce qui lui laissait encore plus de raisons de croire qu'elle était d'origine européenne. Mais il avait au moins ça : le nom de la malheureuse qu'il était sur le point d'envoyer promener.

Il regarda par la vitre alors que les arbres devenaient plus épais et que la voiture se faufilait dans l'allée menant à son entrée. Le soleil s'était déjà couché, mais des lumières scintillantes étaient visibles par moments à travers les arbres.

La dernière fois qu'il était venu à Whitehorse, il avait loué une Jeep, emmenant ses parents pour leur montrer l'endroit qu'il avait choisi pour sa maison.

La douleur dans sa poitrine ne venait pas seulement du fait qu'ils lui manquaient. Ils étaient partis, et cela le ferait toujours souffrir, mais ils lui avaient beaucoup apporté et avaient toujours été là pour lui quand il en avait besoin.

Ils avaient été le parfait exemple du couple amoureux pour lui.

C'était ce qu'il voulait, et il le voulait avec Lillie. Plus tôt il gérerait cette situation, mieux ce serait.

Dans tous les cas, il allait gérer. Cela n'allait pas le ruiner ni gâcher son avenir. Il devait tendre la main et saisir à deux mains ce qu'il voulait et pouvait prendre.

Ils se rapprochèrent de l'entrée de sa maison, et la curiosité finit par l'emporter. Des mises à jour lui parvenaient régulièrement de la part de son entrepreneur général, ainsi que des échantillons de granit ou de peinture sur lesquels il devait prendre des décisions. Mais surtout, après la mort de ses parents, il avait laissé les autres s'occuper des problèmes quotidiens.

À cet instant, il leva les yeux vers la maison qu'il avait conçue, avec sa grande entrée principale, et il en ressentit une certaine fierté. Les larges escaliers menaient à une double porte d'entrée massive, d'énormes piliers étaient placés stratégiquement tout le long de la façade de la maison, transformant le bâtiment à deux étages en un château dans la nature.

C'était magnifique, et il se laissa aller à la contemplation de sa maison.

Il avait dit la vérité à Damon. Une semaine plus tôt, s'il avait appris que sa fiancée l'attendait, cette rencontre aurait été totalement différente. L'excitation de visiter sa maison était à présent atténuée par l'irritation de devoir renvoyer quelqu'un qui ne s'attendait pas à son rejet.

Ça n'allait être amusant pour aucun d'entre eux. Peut-être qu'il savait ce qu'il voulait, mais il n'avait pas besoin de se comporter comme un enfoiré pour ça. Il était sur la corde raide, et il espérait vraiment que la femme se montrerait raisonnable à son tour.

Il poussa le lourd heurtoir en laiton de la porte d'entrée contre la plaque de porte. Le tintement résonna sur les hauts murs, et la porte d'entrée s'ouvrit.

Le sourire du jeune homme bien habillé s'estompa rapidement tandis qu'il se mettait au garde-à-vous, ses yeux parcourant le visage de Jim. Dans le processus, l'énorme porte qu'il tenait dans ses mains lui échappa, et il dut se lancer à sa poursuite pour empêcher le lourd poids de se heurter au mur. Il se redressa, le corps raidi et le menton haut, refusant de croiser le regard de Jim.

— Monsieur Halcyon. Je vous en prie, entrez, nous vous attendions.

Il le dépassa pour entrer dans le vestibule, partagé entre l'envie de scruter chaque détail de sa nouvelle maison et celle d'aller au fond des choses pour savoir pourquoi il était là.

— Où est-elle ? demanda-t-il.

À sa grande surprise, le portier recula, les mains retombant devant lui alors qu'il se triturait nerveusement les doigts.

— À ce propos, monsieur. À propos de la dame qui est arrivée plus tôt aujourd'hui...

— Oui. Ma fiancée. Où est-elle ? répéta Jim, fronçant les sourcils à cause du contretemps.

Pourquoi cette femme n'était-elle pas arrivée à Whitehorse avant aujourd'hui ? Il avait reçu le message quelques jours plus tôt.

— C'est juste que... Je veux dire, je voudrais vous préparer, monsieur. Elle semble un peu plus nerveuse que la plupart des futures mariées. Elle se comporte bizarrement depuis qu'elle est arrivée ici, et je me suis dit... commença le jeune homme avant de s'interrompre pour déglutir. Vous êtes plutôt intimidant à rencontrer la première fois, monsieur.

Aussi conscient que Jim fût de la nécessité d'être délicat avec la femme, il ne voulait pas perdre de temps à dorloter son personnel. Pas quand il avait des choses à faire.

Néanmoins, c'étaient les personnes qui avaient été engagées pour aider à s'occuper de lui, même si ce garçon semblait être encore à la crèche. Ils avaient besoin de savoir qu'il était digne de confiance.

Il entendait Lillie le taquiner pour qu'il soit gentil, ce qui lui fit l'effet d'un bon coup de pied aux fesses. Il avait hâte de s'en aller, mais par égard pour elle, il ralentit et prit le temps nécessaire.

— Comment vous appelez-vous ?

— Peter, Monsieur.

Le garçon cligna fort des yeux, détournant son regard sombre en tripotant les manches de son manteau de costume. Mais il ne s'enfuit pas comme il en avait manifestement envie. Un lynx métamorphe, si l'odorat de Jim ne se trompait pas.

Jim se retint de sourire. Il n'y avait rien à redire au fait que le gamin avait du cran.

— Merci d'avoir été honnête. Quant à votre avertissement, je vous promets d'y aller doucement, vous devez néanmoins me dire où elle est.

Peter balança le bras et pointa l'escalier incurvé.

— J'ai voulu l'emmener dans la suite principale, mais elle a insisté pour être conduite dans une chambre d'amis.

Curieux.

— Vraiment ?

Jim jeta un coup d'œil autour de lui. Il aurait dû le savoir, mais il avait été trop occupé à ignorer ses propriétés dans le Nord jusqu'à dix heures auparavant.

— Combien y a-t-il d'employés dans la maison ? Rien que vous et une cuisinière ? Ou plus ?

— Le personnel est au complet, monsieur, depuis que le bâtiment a été achevé il y a un mois. Nous sommes six, dit-il avant de rougir. Ma mère est votre cheffe. Mon père gère le nettoyage et l'entretien.

Aah ! Maintenant, la présence de son bébé majordome lui semblait plus logique.

Une autre pensée le frappa. Génial... Son personnel était là depuis un mois, tout fonctionnant bien et tranquillement, et aujourd'hui serait leur premier aperçu de leur nouveau maître en action.

Il espérait que la fille n'allait pas pleurer. Cela ne ferait que renforcer sa réputation de monstre sans cœur.

— Vous lui avez donné la chambre en haut des escaliers à droite, c'est bien ça ?

— Oui. La deuxième suite. Je peux vous montrer.

— Je pense que ça ira, Peter. J'ai conçu la maison.

Jim grimpa les marches deux par deux, agrippant le lourd poteau en noyer en haut, se balançant sur le palier.

— Garde ton calme, et vas-y doucement. Garde ton calme, et vas-y doucement, marmonna-t-il.

C'était idiot. Il avait besoin de l'un de ces panneaux qui disaient : « *Garde ton calme, et prends un double shot de whisky* ».

Un morceau de papier coloré attira son attention. Il avait été plié en une étoile origami en 3D très élaborée. Elle ne semblait pas du tout à sa place sur la délicate table antique qui avait visiblement été déplacée de sa position habituelle le long du mur vers le milieu du hall. Son nom était inscrit sur certaines des branches tendues et il ramassa la création avec un sentiment grandissant de désarroi.

Il ne voulait pas qu'elle écrive des mots d'amour, et c'était ce que le papier rose vif semblait indiquer.

Cependant, le véritable contenu de la note le surprit. Lorsqu'il déplia la feuille, il ne vit que son nom au recto, et au verso, les mots « *Nous devons parler* ».

Il marcha plus lentement, ses chaussures s'enfonçant dans la moquette épaisse et pelucheuse, les fenêtres massives orientées vers le sud, sombres et froides. Seules les lampes de table et les appliques murales projetaient des lueurs dorées sur le papier peint et le plâtre immaculés, réchauffant son chemin.

Un autre morceau de papier, celui-ci plié en un arbre de couleur vert vif, était posé sur le sol, et il se baissa pour le saisir. À l'intérieur, son écriture passait de soignée à désordonnée, comme si elle avait écrit à la hâte ou que son agitation croissante avait entravé son geste.

Je suis désolée de t'avoir induit en erreur.

Jim cligna des yeux. Cela n'avait aucun sens. Qui était cette femme qu'on lui avait envoyée ?

La note suivante était pliée en forme d'oiseau bleu pâle, l'écriture noir foncé, audacieuse et ferme faisant contraste. Cette fois, Jim jura, n'en croyant pas ses yeux lorsque le message apparut. *J'étais d'accord pour t'épouser jusqu'à il y a une semaine, mais maintenant, je ne peux plus.*

Bordel. De. Merde.

Peut-être que cela allait mieux se passer qu'il ne le pensait. Il suivit la piste de notes dans le couloir, les ramassant et les lisant avec un espoir grandissant.

Une rouge, pliée en forme de feuille d'érable : *Je suis tombée amoureuse d'un homme merveilleux... Enfin, je crois qu'il est merveilleux. Je ne le lui ai pas encore dit.*

Il fit deux pas de plus jusqu'à un cercle orange, semblable à un soleil rayonnant. *Il mérite l'amour, et moi aussi.*

Un croissant de lune violet pendait en équilibre sur le bord d'une lampe à côté de la chambre d'amis. *Alors, j'espère que tu seras d'accord pour qu'on rompe nos fiançailles.*

Puis une note jaune, le papier simplement plié et glissé dans le cadre de la porte. *Euh... J'ai un peu peur de te le dire en personne, mais je savais qu'il fallait que je trouve le courage de le faire.*

Jim frappa à la porte.

— Katharine ? Je peux entrer ?

Aucune réponse.

Il essaya deux fois de plus avant d'abandonner ses bonnes manières et d'entrouvrir la porte.

Il n'y avait personne. Il espérait qu'elle n'avait pas fait quelque chose de stupide, comme sauter par la fenêtre. Étrangement, il n'y avait pas de sacs, ni rien d'elle.

Une autre note l'attendait sur le lit immaculé. Une feuille de papier blanc ordinaire.

Il le prit et croisa les doigts pour qu'il n'y ait pas de surprise.

Si tu as fini de faire ton grognon, j'attends dans la cuisine.

Il envisagea de se mettre à danser sur-le-champ. Toute cette histoire allait pouvoir être réglée en quelques minutes. Il allait faire monter son ex-fiancée dans un avion, la renvoyer chez elle avec sa bénédiction, puis repartir à la recherche de Lillie avant même d'avoir pris un café.

À bien y réfléchir, il pourrait rester une heure ou deux, faire le tour de la maison et rencontrer le personnel. Leur faire savoir qu'il avait l'intention de revenir bientôt avec sa vraie compagne.

Tu pourrais retourner à Vegas à temps pour rejoindre Damon. Tu pourrais encore faire la course, tenta de le convaincre son ambition.

Il y avait peu de chances que cela arrive.

Dame Chance ne signifie rien pour moi. Tais-toi, et laisse-moi me concentrer.

Il n'avait plus besoin de la pièce, il lui fallait sa déesse à la tête cuivrée, au rire bienveillant et au sourire éclatant, qui avait ensorcelé son cœur.

Jim empila la dernière note avec les autres dans sa main, et se dirigea vers la cuisine pour dire au revoir à sa fiancée.

~

Elle était sur des charbons ardents depuis huit heures, et elle était fatiguée et inquiète. Cette journée n'avait été que succession de cauchemars pour ses nerfs. D'abord, elle avait dû rassembler son courage pour affronter l'aéroport, baratiner pour passer les hôtesses de l'avion privé, puis ruminer pendant les quatre heures de vol entre Vegas et Whitehorse en s'entraînant à repousser son futur mari.

Et *ensuite*, cet enfoiré n'avait même pas eu la décence d'être à la maison quand elle était arrivée. À la place, elle avait bénéficié d'un temps supplémentaire pour se tracasser et se mettre dans tous ses états. Seul le souvenir des caresses de Jim et de son regard plein de tendresse lui donnait le courage de continuer à avancer.

La maison où on l'avait amenée était incroyable, mais Lillie ne parvenait pas à se sentir triste de refuser de se marier avec l'homme qui possédait une résidence aussi fabuleuse. Elle aurait pu y vivre avec bonheur, plus à son aise qu'à Vegas, mais c'était l'homme qu'elle voulait, pas le cadre.

Celui qui avait dit « localisation, localisation, localisation » ne parlait pas avec son cœur.

Tout le personnel du manoir était formidable également. Ils faisaient tout leur possible pour apaiser ses craintes, mais dans le même temps, certains de leurs propos rendaient les choses plus effrayantes.

Ils n'avaient même jamais vu l'homme qu'elle était censée épouser : il avait refusé de se rendre à tout événement dans la région. Il avait fourni des listes de ce qu'il voulait avoir à disposition à tout moment, mais ne s'était jamais montré pour voir si sa volonté était respectée.

Il n'avait pas besoin de s'inquiéter à ce sujet. Personne

n'osait prendre le risque que le chef du clan Halcyon soit l'un de ces tyrans dont on murmurait l'existence dans la communauté des ours.

Lillie avait le dossier qu'Addie lui avait envoyé, rempli de toutes sortes de ragots juteux sur cet homme. Elle avait refusé de le regarder. C'était déjà assez pénible d'être là pour lui dire au revoir. Non. Les détails sur Jamieson Halcyon pouvaient rester un mystère.

Lillie se leva d'un bond lorsque le jeune portier qui s'était montré si gentil avec elle franchit les portes.

— Il est monté à l'étage, lui dit Peter en lui tapotant gentiment l'épaule. Il avait l'air beaucoup moins féroce que ce à quoi je m'attendais. Pourquoi ne pas rester ici ? Nous allons veiller à ce que tout se passe bien.

Elle ferma les yeux et s'entoura de ses bras. Pour rassembler le courage dont elle allait avoir besoin dans les prochains instants.

Autour d'elle, les odeurs de cuisine l'aidaient à se recentrer ; quelque chose mijotait sur la cuisinière. Un cliquetis apaisant de casseroles et de poêles lui parvenait pendant que la mère de Peter et une autre femme travaillaient ensemble, conversant à voix basse.

Peter ne dit rien de plus, mais se tint près d'elle, arborant un air protecteur.

Ensuite, Jim entra.

L'estomac de Lillie chuta jusqu'à ses orteils.

— Oh non. Non.

Trop de choses se bousculaient dans son cerveau alors qu'elle encaissait le choc de sa présence au mauvais endroit. Comment avait-il... ? Pourquoi... ?

Ce n'était *pas* bon.

— Que fais-tu ici ?

Elle se précipita en avant. Elle empoigna sa veste et se mit sur la pointe des pieds pour essayer de lui faire face.

— Je t'ai dit que je reviendrais. Tu ne peux pas être ici, pas maintenant. Ce n'est pas prudent.

La dernière chose dont elle avait besoin était que l'homme qu'elle aimait se batte avec l'homme qu'elle était censée épouser.

Un pli se forma entre les sourcils de Jim.

— Comment ça, ce n'est pas prudent ?

Elle renonça à le tirer, et tenta de le repousser vers la porte. Peut-être que si elle le faisait sortir, elle pourrait le convaincre de se cacher jusqu'à ce qu'elle ait parlé à son fiancé.

— Il faut que je parle à quelqu'un, et il ne va pas être content après moi. Et je ne veux pas que tu restes ici et que tu te battes, alors, s'il te plaît, va-t'en.

Elle aurait dû savoir que le pousser aurait autant de succès que d'essayer de déplacer la Grande Muraille de Chine.

— Lillie. Arrête d'essayer de me faire tomber, et voyons si tu peux m'expliquer.

— Je ne sais pas comment tu as réussi à me retrouver, protesta-t-elle. Mais je suis sûre que si tu m'accordes un peu de temps, je peux convaincre mon fiancé d'annuler.

— Ton fiancé ?

Lillie ferma les yeux et plaqua ses mains sur ses oreilles. Elle ne voulait pas entendre ni voir ce qui allait suivre.

Des doigts puissants s'enroulèrent autour de ses poignets et tirèrent doucement sur ses mains. Jim se rapprocha suffisamment pour que de la chaleur passe entre leurs corps. Il relâcha l'une de ses mains et posa les doigts sous son menton, inclinant son visage vers le haut.

Mais il ne dit rien. Il continua de la regarder droit dans les yeux, tout en aboyant un ordre au personnel.

— Vous tous. Sortez, maintenant.

— Mais, monsieur...

— Dehors.

Il avait prononcé le mot calmement, mais on sentait la force de la nature derrière cet ordre.

Lillie ne fut pas surprise de découvrir que le personnel l'avait abandonnée. Peu importait à quel point ils étaient courageux, elle-même n'aurait pas désobéi à ce ton de voix.

Mais c'était Jim. *Son Jim*, et elle savait qu'il ne ferait jamais rien pour lui faire du mal. Elle soupira lourdement et essaya de raisonner la grosse bête.

— Promets-moi que tu ne te battras pas avec lui.

Ses lèvres tressaillirent.

— Avec ton fiancé, tu veux dire ?

Elle baissa le menton autant que ses doigts le permettaient.

Jim leva une main en l'air, arborant une expression complètement solennelle.

— Je jure de ne pas lever la main sur cet homme.

Lillie laissa échapper le souffle qu'elle avait retenu.

— Je ne sais toujours pas comment tu m'as retrouvée, mais si tu me laisses juste...

Il ne la laissa pas prononcer un mot de plus. Au lieu de cela, il l'embrassa, maintenant leurs lèvres en un contact sensuel tandis que sa main droite se glissait dans son dos pour pouvoir presser leurs bustes l'un contre l'autre. Lillie n'essaya pas de le repousser, elle s'accrochait plutôt à lui. Lui rendait ses caresses. Après moins d'un jour de séparation, elle avait besoin de son contact.

Quand il la laissa reprendre sa respiration, elle avait le tournis.

Jim posa ses doigts sur les lèvres de Lillie quand elle voulut protester.

— Je veux connaître tous les détails que j'ai omis de te demander plus tôt, mais d'abord, laisse-moi m'assurer d'une chose. Ton nom est-il Katherine Lileas Ruadh ?

Oh.

Le seul moyen pour lui de le savoir aurait été... Et cela signifierait...

— Halcyon ? Tu es le chef du clan Halcyon ?

Elle se donna un coup de pied mental. À quel point était-ce stupide de sa part de n'avoir pas lu les informations qu'Addie avait déterrées sur lui ?

Jim la souleva et l'assit sur l'îlot, ses bras reposant de part et d'autre de ses hanches tandis qu'il s'approchait avec un sourire de plus en plus large.

— De toutes les erreurs que j'ai faites au fil des ans, tu es l'une des meilleures.

— C'est *toi*, mon fiancé ?

— C'est moi, et tu m'appartiens, Lillie. Tu es à moi pour toujours, et je te garde.

Il marqua un temps d'arrêt, sortant de sa poche les notes qu'elle avait minutieusement écrites. Il les agita en l'air.

— Oh, et cet autre enfoiré de qui tu es amoureuse ? Qu'il aille se faire voir. Il n'est pas là pour protéger ce qui lui appartient, alors il est hors-jeu.

Le choc de découvrir qu'elle avait fricoté avec l'homme auquel elle était destinée fut réduit par l'amusement de voir qu'il faisait déjà des blagues à ce sujet. Lillie prit son visage entre ses mains.

— Stupide garçon.

Jim se pencha en avant, son expression se réchauffa.

— Je ne suis pas un garçon, mais un ours adulte. Tu es prête pour moi ?

— Est-ce que j'ai le choix ? le taquina Lillie.

— Non.

Il secoua la tête, la déshabillant hardiment du regard avant que ses mains ne lui succèdent, la dénudant lentement tandis qu'il continuait à la questionner.

— J'ai une dernière question... ou deux. Comment es-tu arrivée à Vegas ? Le message téléphonique que j'ai reçu du Conseil a été envoyé il y a une semaine. Tu aurais dû être envoyée directement de Glasgow à Whitehorse.

Les joues de Lillie rougirent.

— Je suis une hackeuse.

Il ne comprenait pas, la confusion qui régnait dans son regard brun foncé n'était que trop évidente.

Elle soupira.

— J'aime jouer avec les ordinateurs, et craquer les systèmes de sécurité des gens est un hobby. Je ne fais rien de mal une fois que je suis entrée, c'est juste pour le défi, mais c'est pour cela que ma famille a informé le conseil que j'étais prête pour le mariage. Ils étaient fatigués de me surveiller, et je « perturbais la sérénité paisible du foyer ».

— Oh, c'est charmant, dit-il, s'amusant de plus en plus. J'espère qu'ils n'attendent pas de *moi* que je te contrôle ?

— Je crois que c'était leur plan, mais tu es bien trop gentil pour m'empêcher de m'amuser, n'est-ce pas ?

Elle battit des cils, et Jim éclata de rire.

— Tu es une source d'ennuis. Termine ton histoire. Comment es-tu arrivée à Vegas ?

— Quand j'ai découvert que l'avion venait me chercher, j'ai pénétré dans ton système et j'ai découvert les aéroports où il avait atterri ces derniers temps. Je me suis dit qu'un changement de vol vers une destination récente n'éveillerait pas les soupçons.

Il acquiesça, faisant glisser ses pouces le long de sa clavicule.

— C'est malin. Je me suis servi de l'avion pour aller à Vegas la veille de ton arrivée.

— Je me suis sentie mal quand j'ai appris que ton personnel avait fait deux traversées transatlantiques consécutives.

Elle frissonna quand ses explorations de son corps le menèrent au-dessus de ses mamelons. Il en fit une fois le tour, puis descendit vers le sud.

— Je crois que tu devrais leur accorder des bonus.

Toute l'attention de Jim était concentrée sur sa main droite alors qu'il appuyait sa paume sur son ventre, le bout de ses doigts étant maintenant dirigé vers le bas.

— Tu n'as pas d'accent...

Sa question était là, muette.

— L'accent, c'est sympa, mais pour être honnête, pourquoi parler comme une Écossaise quand on a fait ses études à Londres et à New York ? dit-elle en prenant ce fameux accent.

Lillie se réchauffa de l'intérieur quand le visage de Jim s'éclaira en l'entendant.

— Un jour, il faudra que tu me dises des cochonneries avec cet accent, lui suggéra-t-il, frôlant son épaule avec sa joue.

Les poils de son menton titillaient ses sens.

— Je veux t'entendre dire que tu veux que je mette ma queue en toi et que je te saute.

Elle plaqua une main sur sa bouche pour masquer son halètement lorsqu'il écarta ses replis intimes avec le bout de ses doigts.

— Peut-être que je pourrais t'y obliger.

Il enchaîna les caresses jusqu'à ce qu'elle se tortille. Il

glissa deux doigts dans son intimité, son pouce trouvant son clitoris comme par magie. Il le poussa comme un bouton d'arrêt d'urgence.

Trop tard. Les sirènes se déclenchaient déjà dans sa tête.

— Mais là, tout de suite, murmura Jim, ce ne sont pas des mots cochons que je veux. Je veux t'entendre dire les autres mots. Tu les as écrits, mais je veux être sûr que c'était à moi que tu les destinais.

Lillie posa les mains sur les bras de Jim. Le lin fin de sa veste de costume était lisse et chaud sous ses mains. Ses biceps épais gonflaient le tissu.

Il la regarda dans les yeux.

— Je t'aime, Lillie. C'est peut-être trop rapide, et pourtant je t'ai attendue toute ma vie. Je t'aime, et je veux que tu emménages avec moi, n'importe où. Je veux que tu sois ma femme. Mon amante. Mon amie.

Ses doigts ne cessèrent jamais de bouger pendant qu'il parlait. Lillie s'accrocha à ses bras. Il lui fallait une ancre pour l'empêcher de flotter sur le comptoir.

— Tout le reste, nous le règlerons plus tard, mais cette partie, nous l'avons déjà. Et peu importe combien de fois je le dis, je ne me lasserai jamais de l'entendre.

Il s'arrêta, les doigts profondément enfouis en elle. Comme s'il ne pouvait pas la quitter, comme s'il avait *besoin* de l'avoir avec lui.

Elle ne voulait pas attendre, mais elle n'allait pas lui accorder ce qu'il voulait avant d'avoir obtenu ce qu'elle aussi désirait. Lillie chercha avidement sa fermeture éclair et libéra son sexe, se déhanchant pour se placer au bord du comptoir.

Jim était tout aussi impatient, saisissant la racine de son épais membre pour les aligner parfaitement. Puis tous les deux regardèrent quand il s'enfonça en elle jusqu'à la garde. Plus loin que ses doigts, assez profond pour qu'elle en tremble.

Si loin qu'ils ne formaient qu'une seule personne, et qu'elle ne voulait plus jamais qu'ils soient séparés.

— Je t'aime, murmura-t-elle.

Jim se retira pour la pénétrer à nouveau. Il répéta le mouvement trois fois, puis une demi-douzaine, jusqu'à ce qu'elle perde le fil. Jusqu'à ce qu'ils halètent tous les deux. Il augmenta la vitesse, caressant son clitoris à la perfection tandis qu'il se cambrait au-dessus d'elle et frottait son bassin contre elle à chaque caresse.

Et ses yeux... ils étaient fascinants. Un aimant qui captivait le regard de Lillie. Il passa son pouce sur son clitoris, et son orgasme se déchaîna.

C'est à ce moment qu'il le répéta.

— Je t'aime.

Il le dit alors qu'ils étaient verrouillés ensemble, les bras entourant le buste de l'autre, se touchant intimement. Leurs cœurs ne faisaient plus qu'un.

Des heures auraient pu s'écouler quand ils se libérèrent enfin de leur étreinte. Son souffle faisait s'envoler ses cheveux tandis qu'il la serrait contre lui, son front appuyé sur son cou. Puis un faible rire secoua la poitrine de Jim, enflant alors qu'elle passait les mains sur ses épaules.

Jim parla, prononçant les mots de façon lascive et pleine de bonheur.

— Je suis désolé d'avoir gâché ta liste de choses à faire.

Lillie leva les doigts pour lisser les cheveux du jeune homme, toujours sous l'effet d'une plénitude sensuelle alors qu'elle réfléchissait à son commentaire.

— Quand as-tu gâché ma liste de choses à faire ?

Il sourit en se retirant d'elle avant d'arranger ses vêtements.

— Tu voulais une dernière aventure avant d'aller rencontrer ton fiancé. Tu as échoué.

Oups.

— Je me suis très mal débrouillée, n'est-ce pas ?

Des pensées malicieuses se bousculaient dans son cerveau, et elle ne fit rien pour les réfréner.

— Eh bien, nous ne sommes pas encore mariés. Donc, tu sais, si on retourne à Vegas, je parie que je pourrais convaincre Damon...

Le grognement de Jim fit son retour, résonnant dans la cuisine assez fort pour faire vaciller les pots suspendus au-dessus de la cuisinière. Lillie glissa du comptoir, filant hors de sa portée, franchissant la porte pour retourner dans le vestibule.

Il la poursuivit, ses faux rugissements se mêlant à son rire alors qu'elle s'élançait vers les escaliers en quête de sécurité.

— Tu ferais mieux d'aller dans notre chambre, jeune fille, la prévint-il.

Elle s'arrêta en haut de l'escalier, regardant toutes les portes qui ponctuaient le mur, et se demanda laquelle cachait la suite principale.

— Merde, tu as vu grand !

Des bras forts l'attrapèrent et il sourit joyeusement en la portant dans la bonne pièce.

— Je suis un grizzly. Nous faisons tout en grand.

ÉPILOGUE

Jim déambulait dans le couloir, ses doigts entrelacés avec ceux de Lillie. Elle continuait de papoter à propos de quelque chose qu'elle avait découvert pendant son tour à Whitehorse, et non pas qu'il l'ignorait...

Il était tellement ravi de la façon dont les choses s'étaient déroulées ces deux dernières semaines qu'il n'arrivait pas à se concentrer sur ce qu'elle disait, car il était complètement obsédé par la femme qui les prononçait.

Il la tira pour qu'elle s'arrête, s'assit sur le banc qui surplombait le grand hall et la souleva sur ses genoux pour pouvoir fixer son visage.

— Redis-moi ça.

— J'étais en ville ce matin, et la boulangerie Alpine est encore plus délicieuse que ce que Peter m'a dit.

Elle fit glisser ses mains sur le col de Jim. Elle le rajusta, avec cette même attention qu'elle lui accordait et qu'il avait appris à attendre impatiemment.

La meute de loups locale est plutôt drôle. J'en ai repéré quelques-uns sur Main Street, et ils organisaient une sorte de course de chiens de traîneau. Je veux dire, ils n'étaient pas sous leur forme de loup, mais humaine. C'était chouette.

Jim sourit devant son enthousiasme.

— Il y a un événement communautaire prévu pour le week-end. Je veillerai à t'y emmener, ne serait-ce que pour empêcher tous ces loups de tenter leur chance.

— Ils sont loin d'être aussi rigides et coincés que les loups de Glasgow.

— C'est bon à savoir. Non pas que nous soyons amenés à avoir beaucoup à faire avec eux.

— Eh bien, l'une d'entre eux possède ce super magasin d'informatique, et elle travaille à la mise en place d'un meilleur service Internet, alors ce serait pas mal.

Elle s'arrêta en bégayant, rougissant légèrement.

Jim plissa les yeux.

— Je croyais que tu avais abandonné le *hacking*.

— C'est le cas ! s'exclama-t-elle, détournant le regard pour jouer avec sa cravate. La plupart du temps.

— Lillie...

Ses yeux noisette pétillaient, et son amusement croissait alors qu'elle affichait un sourire innocent.

— Rappelle-toi que si tu as besoin d'informations sur un de tes concurrents, je ne suis pas loin.

Un grand coup fut frappé à la porte d'entrée, attirant leur attention. Peter se précipita sur le granit immaculé, ouvrant les grandes portes tandis que Jim se levait, gardant un œil protecteur sur Lillie.

Il n'avait pas besoin de s'inquiéter.

— Bon sang, j'ai cru que mes pattes allaient geler avant de revoir la civilisation.

Damon démêla une écharpe bleu vif de deux mètres de son cou et la jeta dans les mains de Peter, suivie de son chapeau, de ses gants et de sa parka d'hiver surdimensionnée. Il jeta un coup d'œil à Jim qui guidait Lillie dans les escaliers.

— Mais enfin, pourquoi as-tu construit aussi loin au nord ? Tu remplaces le père Noël ou quoi ? Pendant tout le trajet, je m'attendais à voir des gnomes habillés de couleurs vives sauter d'arbre en arbre en chantant des chants de Noël.

— Désolé, tu les as manqués. On leur a accordé un mois de vacances.

Damon fit un pas en avant puis s'arrêta, regardant ses chaussures et la grande étendue de sol en granit.

Jim secoua la tête.

— Tu ne vas jamais grandir, n'est-ce pas ?

Son ami remua les sourcils.

— Pour quoi faire ?

Il se mit à courir avant de déraper rapidement vers eux, parfaitement équilibré avec ses bras étendus. Lillie éclata de rire avant de s'écarter du chemin.

Damon passa en trombe, totalement hors de contrôle avant de s'écraser contre une console.

Lillie lâcha le bras de Jim et se précipita pour aider le loup à se relever.

— Est-ce que tu vas bien ?

— Il va bien, grogna Jim, croisant les bras en jetant un regard noir à son ami. Pas la peine d'être compatissante. Il veut juste que tu le cajoles.

— Monsieur, je suis choqué par cette accusation, répondit Damon avec un sourire, passant le bras autour de Lillie pour la ramener vers Jim. Je n'ai même pas essayé de lui voler un baiser.

— C'est parce que tu sais que tu aurais l'air étrange sans tes dents, commenta gentiment Lillie en lui tapotant la joue alors qu'elle s'échappait de ses griffes. Et tu ne voudrais quand même pas que le pauvre Jim ici présent se blesse la main sur ton visage, n'est-ce pas ?

— Bien sûr que non.

Damon s'est reculé à une distance sûre avant de lever son regard rieur sur celui de Jim.

— Je vois que finalement tu as décidé de ne pas envoyer ton coup d'un soir faire ses bagages.

Jim se pinça l'arête du nez.

— Est-ce qu'il y a une raison particulière à ta présence ici ? Où as-tu fait tout ce chemin juste pour m'embêter ?

Damon fit une pause.

— En fait, je suis un maître du multitâches. Je pensais faire les deux...

Seul le rire pétillant de Lillie donna à Jim la patience de s'abstenir de menacer Damon de le couvrir de puces. Elle les prit tous les deux par la main et recula vers la cuisine.

— Allez ! Je sais que Mme Natty a fait des cookies ce matin.

Elle partit en dansant, et Jim ne put réprimer un soupir de bonheur.

— Tu as carrément le vertige, observa Damon. Ça te va bien, la soumission.

— Tais-toi, répondit Jim en tapant dans le dos de son ami alors qu'ils franchissaient les portes battantes de la cuisine. Un jour, tu rencontreras ta compagne, et je jubilerai, je me moquerai et je t'organiserai une grande fête.

Damon se glissa jusqu'aux grandes fenêtres qui donnaient sur la piscine maintenant remplie de neige, observant la scène hivernale.

— Bien sûr. Si tu insistes.

En arrière-plan, Lillie discutait d'une collation avec la cheffe, et Jim observa un moment sa charmante femme parler, ses mains s'agitant avec excitation alors qu'elle préparait du lait et des biscuits.

Jim se détourna pour se tenir aux côtés de son ami silencieux.

— Des pensées profondes ?

— Les mystères de l'univers. La réponse est quarante-deux. Nous le savons déjà.

— Aah, mais quelle est la question ? demanda Jim, s'appuyant sur le mur à côté de la fenêtre. Assez de blabla. C'est bon de te voir, mais je ne pensais pas que tu viendrais avant le printemps. Tu es allergique à la neige.

Damon fronça le nez de dégoût en regardant dehors.

— C'est un truc désagréable et collant. C'est une excellente base si tu la mets dans un verre et que tu verses de l'alcool dessus, comme le font les gens civilisés.

Jim attendit. Son ami allait finir par en venir au fait. Peut-être.

— Venez vous asseoir près du feu, leur intima Lillie, et Damon et Jim échangèrent un regard avant de trotter vers elle docilement.

Le loup s'installa dans le fauteuil le plus proche de la chaleur, avec un long grondement de satisfaction.

— Ça ? Rien que pour ça, le voyage en vaut la peine.

— C'est bon de savoir que ma cheminée passe avant moi, le taquina Jim.

— La cheminée et les *biscuits*. Tu pensais que je choisirais la cheminée plutôt que toi ? Quel meilleur ami tu fais !

Lillie se blottit dans la causeuse à côté de Jim et glissa les mains autour de son bras.

— Est-ce que tu vas rester plusieurs jours ? demanda-t-elle.

Damon secoua la tête.

— Je ne peux pas. J'ai des choses à faire, et je n'ai pas envie de prendre contact avec la meute de Takhini pour leur dire que je suis là. Trop de politique. Je peux passer la nuit tranquillement sans froisser quiconque.

Il marquait un point. Les loups étaient irritables à propos de certaines choses, et Damon n'était pas seulement un loup puissant, il avait aussi ses points sensibles. Cela ne valait pas le coup d'énerver l'Alpha local pour une courte visite. Jim acquiesça devant sa logique, même si...

— Cet été, tu pourras venir plus longtemps. Nous saurons à qui parler d'ici là, et tu pourras faire les présentations par téléphone ou un truc comme ça.

— Peut-être.

Damon termina de manger son premier biscuit, ses yeux bleus brillants assortis à sa chemise bleue. Il essuya les miettes et fit claquer ses lèvres.

— Délicieux. Bref, venons-en à la raison de ma présence ici.

Il fouilla dans sa poche et en tira un petit objet. Il tendit la main vers l'avant. Dans sa paume, un petit disque scintillait dans la lumière du feu.

— Dame Chance.

Jim fixait l'objet. En toute honnêteté, il n'y avait pas pensé une seule fois au cours des deux dernières semaines, depuis l'incident impliquant sa soi-disant future femme, qui s'était avérée être Lillie.

— Ouaip, répondit Damon en retirant sa main, observant l'objet brillant. Je me suis dit que tu aimerais savoir qu'elle est en sécurité, et tout. J'ai fini par convaincre le juge de me la donner.

— Tant mieux pour toi.

Et il le pensait, même lorsque Damon se mit à la faire tournoyer dans les airs, sa surface cuivrée chatoyante projetant des traînées de lumière sur les murs pendant qu'elle tournait.

— En fait, voilà le truc. Je savais que ça ne te dérangeait pas que je la gagne. Tu as choisi Lillie, tu as fait ce qu'il fallait plutôt que choisir cette babiole, et ça m'a impressionné. Alors...

Damon cessa de la lancer à la verticale et la jeta à Jim.

Seul l'instinct le fit bouger assez vite pour l'attraper, et son cœur manqua un battement.

— Mais qu'est-ce que tu fais, bon sang ?

Son ami s'adossa à sa chaise, se rapprochant de la chaleur du feu.

— Je peux en faire ce que je veux cette année, et je veux te la donner. Prends-là, elle est à toi.

Le battement manqué était de retour, avec des amis, alors que le cœur de Jim battait la chamade. Il jeta un coup d'œil au disque de cuivre niché dans la paume de sa main, dont les motifs ressemblaient à des rêves familiers qui se pressaient dans son esprit. C'était ce dont il avait rêvé. Ce qui avait manqué dans sa vie...

Il jeta un coup d'œil à côté de lui et aperçut Lillie, qui arborait un petit sourire. La lumière du feu léchait ses cheveux. Elle avait pris l'habitude de les laisser détachés sur ses épaules, parce qu'il le lui avait demandé.

Son empressement à en savoir plus sur lui le ravissait. Au cours des deux dernières semaines, ils avaient parlé quasiment sans arrêt. Ils commençaient à peine à voir à quel point ils étaient faits l'un pour l'autre.

Elle était son amour *et* sa chance. Il relança la pièce à Damon sans un autre regard.

— Garde la babiole. J'ai la seule femme dont j'ai besoin juste ici.

— Beurk. Que c'est cucul !

En arrière-plan, Damon fit semblant de soupirer de dégoût, mais ce fut la lumière qui brillait dans les yeux de Lillie qui prit Jim au piège.

— Tu es sûr ? lui demanda-t-elle.

— Parfaitement.

Il se pencha en avant avec l'intention de l'embrasser, et peu importait les bruits que Damon pouvait faire. Il n'aurait pas cru qu'elle pouvait être plus belle, mais c'était le cas.

La pièce entière s'illumina alors qu'elle s'échappait de ses bras et virevoltait au milieu de la pièce, les bras étendus sur les côtés, tandis qu'un grand cri enthousiaste lui échappait. Ses cheveux brillaient dans la lumière comme des feux d'artifice au milieu de la maison. Jim l'observait avec un mélange d'amusement et d'adoration.

À quoi s'ajouta la confusion quand elle s'arrêta au beau milieu d'un tour pour tendre une main vers Damon.

— À moi ! lui cria-t-elle.

— Tu as triché, grommela son ami, mais il lança la pièce en l'air. Je ne sais pas comment, mais tu as triché.

— Absolument pas.

Elle lui tira brièvement la langue, s'éloignant de sa main qui se balançait vers ses fesses.

Jim plissa les yeux, à la fois en guise d'avertissement pour son ami, et parce qu'il y avait quelque chose de vraiment bizarre. Avant qu'il ne puisse exiger des réponses, Lillie se laissa tomber sur le sol devant lui, ses coudes reposant sur ses cuisses tandis qu'elle brandissait Dame Chance en arborant un sourire éblouissant.

— Tiens, dit-elle en inclinant la tête vers Damon. J'ai gagné le pari. Je lui ai dit que tu refuserais son cadeau. Et maintenant ? Dame Chance est à moi pour toujours, ce qui signifie qu'elle est à toi aussi.

Il y aurait dû y avoir un manuel de jeu offert avec cette conversation.

— Je... Tu as gagné Dame Chance ? Mais Damon l'a amenée ici...

Damon éclata de rire.

— Elle est bien plus douée que toi pour les paris, mec. Elle m'a appelé l'autre jour et suggéré qu'on joue le tout pour le tout pour la propriété de Dame Chance. Elle m'a aussi fait remarquer qu'on n'avait pas besoin d'une raison pour se retrouver et faire des trucs dingues. On peut le faire sans que ça implique la pièce. Alors, voilà le marché tel qu'il était : je t'offrais la pièce. Si tu refusais, elle gagnait. Si tu acceptais, alors tu aurais gardé Dame Chance pendant une année, après quoi elle m'aurait légalement appartenu pour toujours.

Elle avait parié qu'il l'estimerait elle plus que la babiole. Jim lui caressa doucement la joue.

— Je t'aime.

— Je sais. Et tu n'as pas besoin d'une pièce porte-bonheur pour être heureux.

Elle frotta sa joue contre sa main, et cette fois, lorsqu'il la tira plus près, elle ne refusa pas, se levant pour aller à sa rencontre et accepter son baiser.

— Et... c'est le signal pour que j'emporte mes bagages dans ma chambre. Vous avez Netflix ici ? J'ai une soudaine envie de me faire un marathon de films de zombies. Ou un truc d'ère glaciaire postapocalyptique qui s'abat sur la Terre et laisse l'endroit dans un état proche de... eh bien, surprise, surprise. Regardez dehors ! s'exclama-t-il. Un état tel que celui-ci.

Jim fit se lever Lillie à ses côtés, et bouscula son ami en riant.

— Un marathon de films si tu veux, ou on peut sortir les

motoneiges. On peut faire flipper les pumas du coin, s'amuser.

Damon lui tendit la main.

— Tu es un homme bien, frangin. Tu mérites d'être heureux.

Comme au bon vieux temps, Jim serra fermement la main de son ami.

— Ce n'est pas un au revoir pour toujours. Tu seras là pour notre mariage au printemps.

— Et il faut que tu rencontres Addie. Elle aussi sera là, dit Lillie, aussi douée en baratin que Jim.

— Je reste sans défense contre votre assaut commun, leur dit Damon en posant une main sur sa poitrine. Bien sûr, je serai là pour te soutenir. Mais pour l'instant ? Je vais vous battre tous les deux à plate couture sur le flanc de la montagne.

Jim laissa son ami les devancer, retenant Lillie jusqu'à ce qu'ils soient seuls. Elle attendit qu'il parle ; elle rayonnait de bonheur et ressemblait à une statue chatoyante.

— Il a fallu que tu me fasses énormément confiance pour ce pari.

Jim lui empoigna les cheveux, attirant son visage vers lui.

— Peut-être que oui, peut-être que non, répondit-elle en passant ses doigts autour de son cou. Je te faisais déjà confiance avec mon cœur. Il n'y a rien de plus grand que ça.

Et c'était vrai, et elle avait raison.

Et en ce qui le concernait, ce n'était que le début de l'éternité.

— Alors, il n'y a plus qu'une chose à dire.

Elle haussa un sourcil, attendant patiemment.

— Que vais-je gagner en te battant sur la piste aujourd'hui ? Je pense qu'un massage cochon fera l'affaire.

Lillie éclata de rire.

— Avec ma langue ?

Oh, *merde*. Jim ajusta sa position, car son sexe eut aussitôt un réflexe pavlovien.

— *Merde.*

Elle dansa pour s'éloigner de lui.

— Marché conclu. Je serai même nue pendant tout ce temps. Mmmh, je pourrais me servir de la musique sur laquelle j'ai fait de la *pole dance* au club. Tu te souviens ? Je vais la passer en fond sonore.

Puis elle se retourna, ses hanches se balançant vigoureusement tandis qu'elle fredonnait l'air coquin, passant devant Damon dans le salon tandis que Jim avançait maladroitement, gêné par son corps, mais désespérément et totalement amoureux de sa dame.

Sa chance était revenue pour toujours.

J'espère que vous avez aimé l'histoire de Jim et Lillie ! Le prochain tome de la série est *Le Seigneur loup* : Damon part en Écosse pour une mission de sauvetage. Il va trouver bien plus que ce à quoi il s'attendait.

Si vous souhaitez retrouver Jim et Lillie quelques mois plus tard (et avoir un avant-goût de ce qui vous attend avec Damon et Addie !), j'ai écrit une SCÈNE BONUS GRATUITE. Tournez la page pour savourer *AMIS ET AMANTS* !

AMIS ET AMANTS

Des rangées et des rangées de cartons occupaient l'entrée principale de leur maison, les cubes bruns contrastant fortement avec le marbre élégant et les œuvres d'art de bon goût qui ornaient les murs.

Alors même qu'il arpentait le grand hall d'entrée, Jim Halcyon se demandait comment ils pouvaient avoir besoin de plus à ce stade des préparatifs du mariage. Mais lorsque Lillie franchit les portes d'entrée pour lui adresser un sourire éblouissant, il oublia le désordre. Il oublia la foule des gens qui allaient bientôt envahir sa paisible demeure. Il oublia *tout*, sauf elle.

Sa femme. Sa compagne, dont le bonheur rayonnait comme la lumière du soleil sur ses cheveux cuivrés.

Elle s'approcha de lui presque en dansant, appuyant la paume de ses mains sur sa poitrine. Le reste de sa douceur suivit aussitôt, alors qu'elle se blottissait contre lui et annihilait sa concentration.

— Je crois que ce sont les derniers.

Un rire échappa à Jim.

— Tu en es sûre ? On dirait que nous avons de quoi faire pour organiser trois mariages.

Elle battit des cils, affichant une expression douce et innocente.

— Peut-être que si je réfléchis bien, je peux trouver quelque chose à commander à la dernière minute, livraison spéciale.

Jim posa les doigts sous son menton.

— Tu pourrais, mais comme nous avons une organisatrice qui gère tout, et que tout ce que *toi*, tu es censée faire, c'est t'amuser, je crois qu'il va falloir que je trouve un autre moyen de t'occuper.

— Pour m'empêcher de faire des bêtises, tu veux dire, lui dit Lillie, les yeux pétillants.

L'empêcher de faire des bêtises était la dernière chose qu'il voulait. Elle était entrée dans sa vie au moment idéal, de la manière idéale, et ils étaient passés d'une *dernière aventure* à Vegas à leur mariage officiel ce week-end. Ils avaient parcouru un long chemin.

Il lui tendit une main pour l'attirer vers la piscine intérieure.

— Tu as travaillé bien trop dur.

— Mais j'en apprécie chaque minute, insista-t-elle. Tout ce que nous avons prévu pour le week-end est parfait, et je ne changerais rien.

Il la connaissait assez bien pour entendre les « à part... » qu'elle ne prononçait pas. Il écoutait le cœur de Lillie, celui qui battait dans sa poitrine à lui ;

Un air doux et humide les frappa quand ils franchirent les portes. C'était comme si un paradis tropical avait été récupéré et déposé au milieu du Yukon, et d'une certaine manière, c'était le cas. Des chaises longues confortables entouraient la belle piscine en forme de goutte d'eau, exposée au soleil et aux plantes tropicales luxuriantes en pleine floraison. Les radiateurs étaient judicieusement placés dans les coins du plafond pour le moment où ils seraient nécessaires pour chasser le froid hivernal du Grand Nord.

Cependant, pour l'instant, les températures du début du mois de juin maintenaient leur maison située juste à l'extérieur de Whitehorse suffisamment chaude sans aucune aide. Il aimait l'emplacement, et il aimait la ville proche, mais surtout, il avait découvert qu'il aimait beaucoup être installé quelque part. Même l'agitation politique qui s'approchait comme un train de marchandises à grande vitesse ne parvenait pas à lui arracher son sourire.

Lillie semblait également heureuse de leur vie commune. La voir se réjouir de leur grand jour à venir valait bien toute cette agitation.

Jim s'assit sur l'une des chaises longues surdimensionnées. Elle se glissa immédiatement sur ses genoux, s'installant sur lui et posant sa tête sur sa poitrine, comme si elle puisait de l'encouragement et de la force en écoutant les battements de son cœur.

Il battait pour elle. *Rien que pour elle.*

Seule une déception venait ternir ces plans fébriles et amusants.

— Tu es triste que ta meilleure amie ne puisse pas se joindre à nous pour le mariage.

Ses doigts délicats s'enroulèrent autour de son torse et elle le serra légèrement.

— Tu me connais mieux que je ne me connais moi-même, parfois.

Jim caressa les cheveux de Lillie dont les longueurs lui chatouillaient les biceps.

— Je t'ai vue. Tu souris et tu danses pendant que tu

travailles sur quelque chose, puis soudain tu es distraite. Comme si tu réalisais qu'Addie n'est pas là.

— Ça n'a aucun sens. Je veux dire, ce n'est pas comme si nous passions tout notre temps ensemble avant que je déménage.

— Non, mais vous étiez proches. Et tu ne l'as pas vue depuis des mois, alors ça me paraît logique.

Elle déposa un rapide baiser sur la poitrine de Jim avant de soupirer fort.

— Tu as raison. J'aimerais qu'elle puisse être là, mais c'est nous qui avons changé la date de notre mariage. Ce n'était pas juste de lui demander d'abandonner le travail qu'elle avait déjà accepté.

Addie avait refusé à juste titre de revenir sur sa parole, même si elle avait été tentée de renoncer au projet. S'il n'avait été question que d'argent, il en aurait volontiers versé pour qu'elle vienne mettre un sourire sur le visage de sa Lillie, mais tous les trois savaient que ce n'était pas la bonne chose à faire. Addie devait tenir son engagement.

Ce qui ne signifiait pas qu'il ne pouvait pas trouver une autre solution pour rendre sa femme heureuse.

— Elle compte beaucoup pour toi.

Lillie hocha la tête, l'effleurant de son menton.

— Elle a toujours été là pour moi. Elle m'a toujours soutenue, même si c'était juste par email.

Jim était content qu'elle soit allongée, non seulement parce que la chaleur de son corps sur le sien était ô combien satisfaisante, mais aussi parce que de cette façon, elle ne le voyait pas sourire par anticipation.

Il voulait garder la surprise quelques instants de plus.

Elle passa un doigt sur sa poitrine, décrivant des cercles, et tout son corps, tout son *être* réagit, instantanément frappé d'un puissant désir de prendre soin d'elle, et d'un désir encore plus fort d'être tout ce qu'elle voulait qu'il soit. Un protecteur, un ami...

Un amoureux.

Elle bascula la tête en arrière, de la malice dans les yeux, avant de baisser les cils et de lui lancer un regard sulfureux.

— Tu sais qu'il n'y a personne dans la maison en ce moment ?

Jim feignit la surprise.

— Mais comment est-ce arrivé ?

Lillie se trémoussa de manière aguichante. Puis elle se tortilla à nouveau pour finir à califourchon sur lui, le regardant avec une pure adoration.

— Je les ai tous congédiés.

— Mais qu'allons-nous bien pouvoir faire ?

La langue de Lillie glissa sur les lèvres de Jim. Une provocation délibérée, qui laissa la surface scintiller d'humidité. Elle cambra le dos, étirant les bras au-dessus de sa tête.

— Je crois que je vais faire une sieste.

Il l'avait fait basculer sous lui en moins d'une seconde. Il se plaça au-dessus d'elle, scrutant son corps avec avidité.

— Commence. Je vais prendre une collation.

Jim s'empara de ses lèvres dans un baiser affamé et possessif. Elle était tout ce qu'il avait toujours voulu. Peu importait qu'il l'ait trouvée, qu'elle ait toujours été à lui ou qu'elle lui ait été envoyée, ils avaient toujours été destinés à être ensemble.

~

Lillie rajusta ses vêtements en se glissant sous le bras de Jim.

— Une sieste vigoureuse, c'est tout ce que nous avons le temps de faire, le taquina-t-elle.

Il grogna, mais c'était de l'amusement et de la passion, le tout lié à une patience infinie.

— Je ne peux pas me passer de toi, se plaignit-il.

Elle insuffla un surplus d'amour dans le baiser qu'elle déposa sur sa joue avant de se diriger vers la porte d'entrée. Des coups rapides furent frappés sur la porte, semblables à un roulement de tambour contre le bois lourd. Le bruit se fit plus fort et plus frénétique le temps qu'il lui fallut pour atteindre la porte.

Voilà ce qu'elle récoltait pour avoir renvoyé le personnel pour l'après-midi. Elle avait des zones sensibles sur le corps suite à leurs ébats dans la véranda, et il était impossible de dissimuler les suçons sur son cou alors qu'elle se hâtait de parcourir la distance restante et de déverrouiller la serrure.

La porte s'ouvrit et elle afficha une expression polie, s'attendant à d'autres livraisons pour le mariage.

À la place, elle croisa le doux regard brun et le sourire joyeux de sa meilleure amie. Ce fut tout ce qu'elle eut le temps de voir au cours de la seconde avant qu'Addie ne se jette en avant et n'enlace Lillie dans un câlin géant.

Une étreinte à vous briser les côtes, ajoutée au frisson de l'excitation... Elle avait du mal à respirer, et encore plus à crier de joie.

— Oh, mon Dieu ! Oh, mon Dieu !

Lillie serra son amie, la relâcha, puis la serra à nouveau, juste parce qu'elle n'arrivait pas à croire qu'Addie était réelle. Elle la repoussa quand la stupéfaction prit le dessus.

— Je croyais que tu ne pouvais pas venir au mariage.

Addie saisit les avant-bras de Lillie, balançant leurs bras d'avant en arrière comme si elles étaient des enfants.

— Je ne peux pas. Je n'ai que deux jours avant de

démarrer mon prochain boulot, mais Jim a dit que tu avais besoin de moi, alors je suis là.

Le cœur de Lillie appartenait déjà au grand ours, mais après cela, il venait de s'offrir le pardon pour une multitude de péchés au cours des années à venir.

— Jim t'a fait venir en avion pour *deux jours* ?

— Ouaip.

— Depuis l'Écosse ?

— Ouaip.

Lillie secoua la tête tout en entraînant Addie avec elle plus loin dans la maison.

— Tu vas passer ton temps en décalage horaire ! la gronda-t-elle. Tu aurais pu venir me voir une autre fois. Tu n'avais pas besoin de venir maintenant.

Addie haussa les épaules, regardant la maison.

— Eh bien, je boirai un peu plus de café, ça ne me dérange pas. J'avais envie de te voir, et je voulais voir ta maison, et s'il faut pour ça que je reste éveillée pendant quarante-huit heures, ce ne sera pas la première fois.

Lillie éclata de rire.

— Non, effectivement. Rappelle-toi quand...

La journée passa dans un tourbillon. Lillie fit visiter sa belle maison et son domaine au-dessus de Whitehorse, tandis qu'elles échangeaient des histoires et de bons souvenirs. Le moment était parfait, merveilleux, et elle n'aurait pu espérer mieux.

Elle se tenait debout à côté de leur lit cette nuit-là, baissant les yeux sur l'homme qui était sur le point de devenir son mari. L'homme qui lui appartenait déjà, dans tous les bons sens du terme.

— Merci.

Ce n'était qu'un mot, mais il suffisait, car il savait ce qu'elle disait vraiment.

Il tapota le lit et Lillie s'y glissa à côté de lui.

— J'aime ton Addie. Elle est féroce et drôle, exactement comme j'imaginais ta meilleure amie.

Lillie se mit à genoux et glissa les doigts entre ceux de Jim.

— C'est ma parfaite meilleure amie, et je suis très heureuse qu'elle soit là. Même si je suis désolée qu'elle ne reste pas assez longtemps pour rencontrer Damon.

Cette mention pas si désinvolte du parfait meilleur ami de Jim le fit sourire.

— Je ne sais pas. Mettre ces deux-là ensemble, ça revient à jouer les entremetteurs.

Lillie battit des cils.

— Qu'est-ce que tu insinues ?

Il porta la main de Lillie à sa bouche et embrassa ses jointures.

— Tu sais que c'est vrai. Admets-le. Si tu le pouvais, tu ferais en sorte que *tout le monde* trouve quelqu'un. J'ai vu la façon dont tu regardes Damon.

Quoi ? Elle ne regardait personne avec intérêt, excepté le gros ours à côté d'elle, et elle était sûre qu'il le savait. Elle planta les poings sur les hanches et le regarda, confuse.

— Comment je le regarde ? voulut-elle savoir.

— Comme s'il était un trophée à distribuer.

— Oups, dit-elle, car elle devait plaider coupable. C'est seulement parce que je veux que tout le monde soit aussi heureux que nous le sommes.

Elle tâcha de garder une expression aussi innocente que possible.

D'une manière ou d'une autre. En grande partie.

Les lèvres de Jim tressaillirent.

— Vraiment ?

Ils partirent tous deux d'un fou rire, non pas parce que ce qu'ils avaient n'était pas parfait, mais parce qu'ils n'avaient pas besoin de platitudes. La seule chose dont ils avaient besoin, c'était de l'autre.

— Ouais, tu m'as grillée, avoua Lillie. Je suis triste de ne pas pouvoir jouer les entremetteuses, mais si leur union est la bonne, le destin se chargera de la concrétiser sans mon aide.

Elle se pencha en avant et posa les lèvres sur celles de Jim.

— Merci pour mon cadeau. Je t'aime.

Il enroula sa main autour de l'arrière de sa tête, l'attirant à lui tandis qu'il répondait par un autre baiser.

~

Email de : Addie MacShay
Pour : Lillie Halcyon

Connexion Internet pourrie. Si tu ne reçois pas ce message, fais-le-moi savoir. ;)

Sérieusement, j'envoie ce message par une douzaine de canaux différents dans l'espoir que l'un d'entre eux passe : la communication est si mauvaise que j'ai envisagé de glisser un mot dans une bouteille pour voir si elle te parviendrait en premier.

Le réseau de téléphonie mobile craint carrément, et il n'y a pas du tout d'Internet au manoir. Tu mourrais ici dans cette partie reculée des Highlands écossais, jeune hackeuse. Heureusement que tu as ce grand, musclé et très riche compagnon qui t'a installé l'accès illimité au satellite là-haut dans les confins du Yukon.

Nous n'aborderons pas les autres choses qu'il te donne régulièrement. Je ne vais même pas penser à la dernière fois où j'ai approché de près quelqu'un de grand et musclé qui me regarde comme si j'avais décroché la lune.

Ravie d'apprendre que tout s'est bien passé pour votre mariage. Tu étais magnifique sur les photos que tu as envoyées, et Jim était assez beau pour me couper le souffle. Et son ami blond, le loup ? Ahouuuuuu ! J'aurais aimé rester pour en profiter un peu !

Ça suffit, j'arrête de baver.

Dernières nouvelles résumées : Le travail est pas mal, les gens sur le chantier sont bizarres. Ça résume ma vie.

Version longue : Curieusement, j'ai trouvé un testament supplémentaire le lendemain de mon premier jour. Ce n'est pas très cool : maintenant, les deux héritiers potentiels ont décidé de revenir habiter le château. J'ai des chats métamorphes qui m'observent toute la journée, oh joie, oh bonheur.

Traiter avec eux n'a rien d'amusant, mais le domaine lui-même est magnifique. Je trouverai un moyen de les empêcher de me faire peur, alors ne t'inquiète pas. Profite de ta lune de miel avec ton ours grognon. Rappelle-lui que s'il ne te traite pas bien, je viendrai et je découvrirai tous ses sales secrets pour m'en servir comme base de chantage.

Non, mais, ce type est carrément dingue de toi ! Je serais jalouse si je ne t'aimais pas autant, ma BFF.

Prends soin de toi. Fais-moi savoir si tu reçois ce message, sinon, je te contacterai si j'ai besoin de quoi que ce soit.

<3

Addie.

Email de : Addie MacShay
    Pour : Lillie Halcyon

Ils me dooooonnent la chaiiiir de poule. Genre, OMG. J'ai changé de chambre.

~

Email de : Addie MacShay
    Pour : Lillie Halcyon

Si tu as reçu cet email, ignore-le. Je ne voulais pas l'envoyer. Je veux dire, je l'ai écrit, et ils sont flippants, mais j'ai appuyé sur « envoyer » par accident, et il n'y a rien de mal, mais... Je ne veux pas que tu t'inquiètes, alors ne t'en fais pas. Ça va aller.

Mais tu me manques, ma belle. Je serai très heureuse quand ce boulot sera terminé.

Stupide connexion Internet.

<3 mon oursonne,
    Addie

~

Lillie fixa les messages les plus récents de son amie pendant un long, long moment. La sensation d'effroi au creux de ses tripes refusait de s'estomper. Bien sûr, Addie ne voulait pas qu'elle s'inquiète. Bien sûr, sa meilleure amie irait bien.

Mais...

Peut-être...

Des lèvres chaudes se posèrent sur sa nuque.

— Tu as dit que tu venais te coucher il y a une heure. Qu'est-ce qui t'a distraite ?

Elle fit pivoter la chaise pour pouvoir passer ses bras autour du cou de Jim, glissant les doigts dans ses cheveux épais.

— Je m'inquiète pour Addie, avoua-t-elle.

Il hocha la tête solennellement. Elle lui avait parlé des emails. Il savait que quelque chose n'allait pas.

— Tu n'as qu'un mot à dire. Je tiens à elle, moi aussi.

— Tu ne penses pas que j'en fais trop ?

Jim glissa les mains sous elle et la souleva de la chaise.

— Non. Alors, appelons les chiens de guerre. Le chien de guerre. Peu importe.

Elle rit et ses craintes s'estompèrent tandis qu'elle s'enroulait autour de lui, posant les mains autour de son visage. Le bonheur revint en force, et elle le taquina.

— Je vais dire à Damon que tu l'as insulté.

— Chien ? Il est au courant. Je lui dois bien pour l'ours en peluche qu'il a glissé dans tes bagages. À partir de maintenant, *je* suis le seul ours que tu as le droit de câliner.

— Je t'aime, murmura-t-elle.

— Bien évidemment. Je suis l'ours le plus adorable de la pièce. En fait, vu que j'ai jeté la peluche par la fenêtre, je suis le *seul* ours dans la pièce.

Il rit en la voyant lever les yeux au ciel, la déposant avec précaution sur le lit avant de prendre son téléphone sur le chevet.

Lillie l'écouta appeler son meilleur ami, rassurée à l'idée qu'Addie allait bientôt recevoir de l'aide. C'était ce qui comptait le plus à cet instant. Les amis...

... et son amant, son *mari*, qui raccrochait après une conversation remarquablement courte.

— C'est tout ? Tu lui dis qu'il doit aller en Écosse, et il y va ?

Jim reposa le téléphone sur le chevet sans regarder, le laissant claquer sur la surface tandis que son regard restait rivé sur le corps de sa femme.

— J'ai dit « Lillie veut que tu y ailles ». Comme s'il allait argumenter. Changeons de sujet : quand t'es-tu déshabillée ?

Être un métamorphe impliquait d'être doué pour retirer ses vêtements.

— Suis-je nue ? murmura-t-elle d'un air faussement surpris. Oh, mon Dieu ! Je suppose que je devrais faire quelque chose à ce sujet.

— J'ai quelques idées...

Il se jeta sur elle. Plus d'un mètre quatre-vingt d'ours massif modèle grizzly, qui fit s'affaisser le matelas comme la surface d'un trampoline. Lillie rebondit vers le ciel avant d'atterrir dans ses bras, ce qui lui convenait parfaitement.

C'était exactement là où elle devait être.

~

Vivian Arend, auteure de best-sellers au classement du *New York Times*, vous revient avec une série de romans courts et légers, avec des métamorphes de toutes sortes (ours, loups, lynx). Qu'ils soient unis par le destin ou victimes d'un coup de foudre, tous méritent une fin heureuse de conte de fées.

~

La Meute de Takhini
Le Roi du cuivre
Le Seigneur loup
Le Cœur d'une dame
Le Prince sauvage

~

Vivian fait actuellement traduire ses nombreuses séries. Merci de consulter son site web pour toutes les dernières informations.
www.vivianarend.com/fr

À PROPOS DE L'AUTEUR

Avec plus de 3 millions de livres vendus, Vivian Arend est une auteure de best-sellers figurant aux classements du New York Times et de USA Today. Elle a écrit plus de 70 romances contemporaines et paranormales.

Ses livres sont des romans intégraux qui peuvent se lire indépendamment de toute série et ne se terminent pas sur un suspense. Ce sont des histoires pleines d'humour et d'émotions, avec des moments sensuels et des fins heureuses. Vivian estime avoir le plus beau métier au monde. Elle habite en Colombie-Britannique, au Canada, avec son mari depuis plusieurs années (l'inspiration de chacun de ses héros et un compagnon volontaire pour toutes sortes d'aventures).